#消えたい僕は君に150字の愛をあげる

川奈あさ Asa Kawana

アルファポリス文庫

https://www.alphapolis.co.jp/

第一章　透明なふたり

【私ってほとんど透明だ
別にいても、いなくても、どっちでもいいそんな人間
世界を敵に回してまで、私を選んでくれる人はいない
みんな特別な一番がいて、私は三番手とか　ううん、それもかなり贅沢かも
六番手とか七番手とか、きっと私は誰かにとってそんなもの
もし私が死んだら――存在に気づいてもらえるのかな】

入力を終えたと同時にスマートフォンから指を離した。
何度も書いては消して、ようやく完成した文章。
誤字もない、リズム感もいいはず。我ながらいい。少し……暗いけど。
投稿ボタンを押すか三秒だけ悩んで、隣の下書きボタンを押した。
私はSNSですら本当の気持ちを呟けない。

＊＊＊

私は、家族団欒の時間が嫌いだ。

中学二年の弟の壮太《そうた》の好物で固められた夕食。メニューを確認すると、今日も豚バラの生姜焼き。私は生姜焼きはロースがいいのに。壮太が脂っこいものが好きだから、週に二回は豚バラが登場する。

私が黙々と口に運ぶ隣で、お母さんが壮太に話しかけている。

「土曜日、何時に送っていけばいい？」

「七時」

「お弁当はどうする？　何か食べたいものある？」

「ううん」

思春期真っ盛りで口数が減った壮太は単語か「ああ」「ううん」しか言わない。この時間は壮太に逃げられない唯一の質問タイムなので、お母さんはこのチャンスに賭けている。

壮太は有名な野球クラブチームに所属していて、その連絡事項を交えて質問すれば、壮太も答えないわけにはいかない。刈り揃えられた壮太の頭の中は野球で埋め尽くされている。

ご飯を二合は食べた壮太が席を立った。

体積が私二人分ありそうな壮太が席から離れれば、食卓が一気に淋しくなる。

「ごちそうさまはー？」

階段をのぼっていく壮太にお母さんが優しく声を掛ける。返事はないとわかっているのに毎日めげない。

「ごちそうさま」

「雫《しずく》、お皿下げといてね」

私は壮太の席に残ったままの皿をこっそり睨む。

「はーい」

「はあ、お父さん今日も遅いし、ご飯いらないんだってー。もうちょっと早く言ってくれたらねえ」

流しに壮太の分の食器も突っこんだ私に、お母さんがぼやいた。

「壮太が全部食べたし、ちょうどよかったんじゃない？」

「あの子ほんとよく食べるわよね。今日お肉、なんグラム買ったと思う？」

「一キロかなあ。……あっ、そうだ。宿題たくさんあるんだった」

くだらないクイズが始まって、逃げるために適当に理由をつけて階段をのぼる。

このあとに続くお母さんの話は大体想像できる。お父さんの愚痴か、壮太の話か、明日のご飯何がいいと思う？　とか。全部そんなことだ。

　私が一番好きな時間。

　それはこうしてベッドに寝転がって〝Ｌｅｔｔｅｒ《レター》〟のアプリを見ている時間。

　Ｌｅｔｔｅｒは『あなたの色とりどりの気持ちを教えて。あなたの感情は、どこかの誰かに届く』をコンセプトに数年前にサービスを開始した、〝150文字〟までの超短編小説や詩を投稿するＳＮＳだ。

　とてもシンプルなＳＮＳで、反応はフォロー、リポスト、ハートを送る、しかできない。

　投稿主同士のやりとりはおろか、感想を書くことすらできない。

　だけど、150文字の小説と詩だけがタイムラインに流れてくるのはとても心地がいい。

　誰かの感想を気にしてみたり、投稿主同士の関係を思い量ったりすることもない。

　自分がフォローしたお気に入りの投稿主と、その投稿主がリポストした150文字しか流れてこないこの場所は、誰かが紡ぐ丁寧な言葉、優しい言葉だけが並んでいる。

　Ｌｅｔｔｅｒの大きな特徴は、感情や伝えたいことが色分けされているところだ。投稿の背景色を自分で決めることができる。

例えば一番人気があるピンクは恋愛にまつわること。黄色は友情、と言ったように感情や伝えたいことを色分けするのだ。

私はタイムラインをひと通り確認して、気に入った投稿にハートを押すと、検索画面に移動した。

Ｌｅｔｔｅｒはその特徴を活かして、色で検索することができる。検索画面を開くと、ふんわりとした丸がさまざまな色で並んでいて、その中から私は水色の丸をタップした。

水色は淋しい気持ちを吐き出す人が多い。水色の投稿を見ると、いつもほんの少しだけ安心する。

私と同じ気持ちを抱えている人が見つかるから。

気に入った投稿を見つけては投稿主のホームに飛んでみる。その人のさまざまな色の投稿をざっと読んで、この人の文章好きかも、と思えばフォローする。

そうやって好きな言葉や素敵な言葉を紡ぐ人を、新しく発掘するのが夜の密やかな楽しみだった。

Ｌｅｔｔｅｒに登録して一年経ち、半年前からは投稿も始めた。フォロワーは二百人ほど。

特に人気投稿主というわけではないが、それなりに反応ももらえている。

ひと通り見終えた私は、昨日考えておいた話を投稿することにした。
背景色はピンク。

【会いたいよって言えなくて、好きな動画を共有してみた
行かないでって言えなくて、裾を引っ張ってみた
一言だけでも言葉に変えることができれば、
新しい僕たちが待っているかもしれないのに
言葉を飲みこむだけ、君への好きが積もっていく
自分の感情に埋まってしまってもう僕は身動きが取れない】

私のホームはピンクの投稿で埋め尽くされている。
——下書きにたくさん水色や灰色の気持ちを残して。
恋をしたこともないのに、今日もピンクを投稿する。
まだ夜は時間がたっぷりあるから、水色の投稿を再度検索することにした。
「このお話、好きかも」
惹かれた投稿を見つけて投稿主のホームに移動してみた。名前は〝ｋｅｙ〟。

【カランと氷が落ちた　音に視線をあげる
グラスの水滴と、君の喉に張り付く汗が重なって目を落とす
眩しくてずっと目をそらし続けてた　君と、このじっとりとした気持ちに
だけど今日は決めている　次に氷が落ちたらそれが合図　君に明かすよ】

「まだ投稿は三件しかない」

瑞々しい情景描写はどれも私の心にしっくりと馴染んで、すぐにフォローボタンを押した。

こういう期待の新星を見つけるのも楽しいんだよね、なんて少しだけベテランぶったことを考えていると通知が届いた。

ｋｅｙが私の投稿にハートをつけてくれたのだ。それから私の投稿を遡ってくれたみたいで次々とハートが届く。そして最後にフォロー通知も届いた。

私たちは直接言葉を交わさない。

だけどお互いの言葉を知って、受け入れる。

Ｌｅｔｔｅｒを利用する人だけが交わす特別なやりとり。それは私が存在することを許された気がする。

たとえ私の投稿が、全部空想でできたもので。

私の気持ちが入っていないとしても。

＊　＊　＊

嫌いな時間はいくつもある。

「今日のテーマは手。手のひらでも指でもなんでもいいわ。ペアになった相手の手を描いてね。じゃあ、二人一組になって」

午後。私たち一年五組は美術室にいた。この先生はやたらペアを組ませたがる。先生の言葉に、自由に席についていたクラスメイトたちは賑やかになり、私たち三人も顔を見合わせた。

「えーどうする？」

香菜《かな》は不満げな声をあげながら、くるりと巻かれた毛先を指で遊んだ。ぱっちりとした丸い瞳が私に向く。

「うーん、こないだは雫が行ってくれたもんね」

友梨《ゆり》は私を気遣う声を出したあと、押し黙る。大人っぽい友梨は性格もクールで、自分からあまり意見は言わない。ラインがしっかり引かれた切れ長の目は机を見ていて、視線が合わない。

そのまま二人は黙ってしまい、居心地の悪い沈黙が訪れた。それに耐えきれなくなり口を開く。

「……私が別の人と組むよ」

心の内が伝わらないように微笑んで見せる。二人がほっとしたように顔を和らげるのを確認してから席を立った。

「山本《やまもと》さん、ここに座っていいかな？」

柔らかい声と表情を意識して、一人で座ったままのクラスメイトに声をかける。彼女は教室でもいつも一人で過ごしている。

山本さんは黒髪をさらりと揺らしながらうなずいた。彼女と対面するように席につく。

「俺余ったから、誰か組んでー！」

大きな明るい声が飛んでくる。

声の主は鍵屋《かぎや》駆《かける》。

他の男子より頭一つ分背が高く、集団にいてもすぐにわかる。

彼が目立つのは身長の高さだけではない。

はっきりとした目鼻立ちで一見近寄りがたい整った顔をしているけれど、常に口角があがった唇や、色素の薄いふんわりとした髪の毛や輝く瞳は親しみやすく、その場にいるだけで誰をも惹きつける力がある。
だから鍵屋くんが余ることなんてない、と思う。
鍵屋くんが余れば女子は確実に何人も立候補するだろう。男女問わず人気がある
ムードメーカーだ。鍵屋くんは近くにいた目立たない男子生徒に声をかけて朗らかに
笑った。
——私は鍵屋くんがちょっと苦手だ。
ほんの少しの同族嫌悪と、ほんの少しの嫉妬。
彼は人より少し空気が読めて、他人の顔色を窺って立ち回ることができる。そうい
うところは私と似ているくせに、私には到底なれない存在だから。
明るくて、人気者で、優しくて、きっと彼を一番の相手にしたい人はたくさんいる。
「私から描いてもいい？」
物思いに耽る私に山本さんが訊ねた。
「ごめん、いいよー」
私は目を細めて楽しげな唇を作り、手を差し出す。
山本さんの奥に友梨と香菜が見えた。どちらから始めるかじゃんけんをしている。
ペアを組むときに余ること自体はいい。山本さんは穏やかで一緒にいて苦しくはな
いし、三人から誰が抜けるか話す時間が長くなるよりずっといい。

だけどこうして選ばれなかった事実を突きつけられるたびに、私という存在は薄れていく気がする。

帰りのHRが終わり、香菜の席まで行くと鏡を取り出した。友梨と香菜が下校前にメイク直しをするのを私も模倣している。

隣の席に座った友梨が口紅を塗るとマットな質感の赤が唇を彩り、いつも以上に大人びて見える。

下校後に誰かと会う予定もないけれど、私もリップを塗り直した。

二人に比べて地味な顔、地味な髪型が鏡にうつる。二人といても釣り合っているのか、いつも自信はない。

まっすぐおろした肩につくくらいのボブと、ほとんど色が乗せられていない顔面をぼんやりと見つめる。

「二人って今日予定あるー？」

スマホを操作しながら友梨が訊ねた。

「ないよ。友梨は今日デートじゃなかった？」

アイラインを引きながら、香菜が返事をする。

友梨は大学生の彼氏がいて、校門の近くに停まった車に時々乗りこんでいく。

「彼氏が友達連れてくるんだって。それで良ければ友梨の友達もーって言われてるんだけど、どう?」

「予定ない! 行きたい!」

「予定ないから行けるよ」

香菜が即座に返事をし、私もあとに続くと、友梨はもう一度スマホに視線を落として表情を少し曇らせた。

「あーごめん……友達来るのは一人みたい」

瞬間、空気がピリッと張る。遊ぶと言っても……つまりこれはダブルデートのお誘いだ。

求められているのは〝一人だけ〟。

彼氏が欲しいと常にぼやいている香菜は私の反応を待っている。こういう時、どういう答えを用意すればいいのか私は知っている。

「私、知らない人は緊張しちゃうからやめとこうかな」

できるだけ軽く聞こえるように私は言った。

「え、ほんとー? じゃあ私行く!」

香菜が元気よく手を挙げると、友梨もほっとしたように微笑んだ。

「ごめんね雫、また遊ぼうね」

「全然大丈夫。私のことは気にしないで」

　二人が眉を下げるから、私は定番の台詞を口にして口角を上げてみせた。

「じゃあまたねー」

「ばいばーい」

　メイクを終えた友梨と香菜は私に手を振ると、先ほどまでの申し訳なさそうな顔から一転、はしゃいだ様子で教室を出ていった。

　別にいいですけど。

　彼氏が欲しいわけでもないし、知らない人がいると緊張するのも本当だし……それにどうせ万年六番手ですし。

　悲しき突っこみがお腹からこみあげてくる。

　少し心がすり減ったときは、Ｌｅｔｔｅｒを見て癒されるのが一番だ。そう思って一つ二つ投稿を見てみるけど……ガヤガヤとした教室ではカラフルな世界には飛びこめない。Ｌｅｔｔｅｒは一人で家にいる時に見るに限る。

　帰ろうと立ち上がった瞬間、衝撃があった。

「わ……」

「うわわ」

　誰かと思いっきりぶつかって、その衝撃でスマホがカシャンと音を立てて床に落ち滑っていく。

「ご、ごめん、瀬戸《せと》！」

ぶつかったのは鍵屋くんだった。彼の色素の薄い柔らかな髪質の頭が見える。鍵屋くんが深く頭を下げているから。

「大丈夫。私もよそ見してたから」

「てか、スマホ！」

私の身体の無事を確認してから、鍵屋くんは慌ててスマホを拾って、目を大きく開いてスマホを凝視する。

「ごめん……画面割れてる……」

「えっ⁉」

さすがにそれは私も笑顔では対応できない。慌てて鍵屋くんの手の中にあるスマホを覗きこむ。

「あー、大丈夫。これガラスフィルムが割れてるだけで、スマホの画面自体は無事だよ」

鍵屋くんからスマホを受け取って操作してみても問題はなさそうだった。

「ごめん、フィルム弁償す――えっ⁉」

鍵屋くんは心配そうにスマホを覗きこむと、またしても目を大きく見開く。

「どうしたの」

「瀬戸ってｃｌｅａｒ《クリアー》さんなの？」

「え？」

鍵屋くんは満面の笑みで、私を見る。

――なんで、その名前を。

「ほら」

きっと間抜けな顔で鍵屋くんを見ていただろう私は、彼につられて画面を覗きこむ。

それは私のＬｅｔｔｅｒのホーム画面で、私のハンドルネームが表示されていた。

そう、私は〝ｃｌｅａｒ〟という名前で投稿している。

「えーすごい。俺ファンで、ｃｌｅａｒさんの」

「ちょ、ちょっと待って」

教室にほとんど人は残っていないけど、私たちのことをチラチラ見ている人もいる。

鍵屋くんは目立つのだからやめてほしい。私は鍵屋くんに一歩近寄り、声を潜める。

「ごめん、ここではこの話は……」

「なんで？」

「恥ずかしいから……！」

注目を浴びるのは嫌だ。小声で抗議すると鍵屋くんは輝く瞳で私を見た。

「今からちょっと時間ある？　フィルム代の弁償も兼ねておごらせてくれない？」

学校の最寄り駅にあるカフェで、私は鍵屋くんと向かい合ってメニューを選んでいる。学年で一番人気な彼とこうして二人でお茶をするなんて、ほんの十分前までまったく想像もしていなかった展開。

メニューを見るふりをしながら鍵屋くんを盗み見る。

「ここ来たかったんだよ、でも男だけだと入りづらいから」

鍵屋くんはきょろきょろと店内を見渡しながら目尻を緩めた。鍵屋くんの言う通り、店内は淡いパステルカラーで統一され、かわいいメニューを売りにしている。だとしても、鍵屋くんと行きたいと思う女子は大勢いそうだけど。

「瀬戸がｃｌｅａｒさんなのは合ってる？」

くまのはちみつレモンティーを一口含んでから鍵屋くんは会話を切り出した。

私はうさぎのチョコレートが添えられたミルフィーユを切り分けながらうなずく。

「うん」

「やっぱりそうなんだ⁉　うわー、さっきも言ったけど、俺、ｃｌｅａｒさんのファンで」

鍵屋くんは人懐っこい笑顔を浮かべた。彼の爽やかな笑顔には人を魅了し、引きこむ力がある。

「てことは鍵屋くんもＬｅｔｔｅｒやってるの？」

「うん。ｃｌｅａｒさんにもフォローしてもらってる」

鍵屋くんはポケットからスマホを出すと、自分のＬｅｔｔｅｒのホーム画面を見せた。そこには〝ｋｅｙ〟の文字。

「あ……！」

「俺ずっと読み専で、ｃｌｅａｒさんの作品のファンだったんだよ。最近会員登録したらｃｌｅａｒさんにフォローされて舞い上がったわ」

「……そうなんだ」

体温が一気に高くなる。

Ｌｅｔｔｅｒは感想をもらえない。フォローやハートはもらえるけど、好きだと言ってもらえたことはない。頬が勝手に緩みそうになる。

「それで相談があるんだけど」

鍵屋くんの声のトーンが下がり、その声につられて私も鍵屋くんを見つめた。

「Ｌｅｔｔｅｒで今度コンテストがあること、瀬戸知ってる？」

「知ってるよ」

先日、Ｌｅｔｔｅｒで初めてのコンテストを行うと告知があった。受賞すれば書籍化に繋がる大きなもの。

これには賛否両論があり、Ｌｅｔｔｅｒ外のＳＮＳでいろんな声があがっているのを見かけた。

以前からコンテストを熱望していた人、せっかくなら応募したいと思っている人もいれば、今までの穏やかな雰囲気が消えてしまうのではと反対する人もいた。

書き手の〝誰かが読んでくれるかもしれない〟という温度感と、読み手の〝あなたの感情をこっそり見せてね〟という距離感を気に入っていた私も、この雰囲気が変わってしまったらどうしようとは密かに感じていた。それにコンテストに応募しようとは思わない。

「俺はコンテストに応募しようと思ってる。どうしても小説家になりたいから」

鍵屋くんはまっすぐ私を見て静かに告げた。そして――

「瀬戸。物語を一緒に作ってほしい」

鍵屋くんの表情はあまりにも真剣で、それでいて言葉は突拍子もなく。

一瞬、時が止まってしまった。

私は慌てて鍵屋くんの言葉を噛み砕く。

「ええと。物語を一緒に作るというのは……？」

結局、そっくりそのまま彼の言葉を返してしまった。

「あーごめん。言葉が足りなかった。小説家になりたいけど、ほんっとーに初心者で。だから小説の作り方っていうか、極意みたいなのを教えてほしい」

「私が……？　力になりたいけど、私小説を書いたことなんてないよ」

鍵屋くんの瞳はあまりにも真剣で、冗談で言っているとは思えない。いつもの私ならお願いごとは断れない。

だけど小説の作り方を教えて、と言われても小説を書いたことなどないし、普段本を数多く読むほうでもない。ただＬｅｔｔｅｒに投稿されている150文字が好きなだけ。

「ｃｌｅａｒさんはミニ恋愛小説みたいな話を投稿してない？　俺はそれも小説だと思ってる。難しいことを頼みたいわけじゃなくて、いつもどうやってネタを考えてるとか、語彙力はどこで鍛えてるとか、そういう小さいコツでもいい。一緒に作るというと語弊があるかな。俺の小説作りを手伝ってほしい」

鍵屋くんは手を合わせて頭を下げていて、私は面食らう。

ｋｅｙの投稿は素敵で、私が教えるまでもなさそうなのに。

しかし、いつもへにゃりと笑っている彼が、ここまで必死な表情をするのを見たことがない。

「私が手伝ってもなんにも得られないかもよ。でも何か力になれることがあれば……」

鍵屋くんの気迫に負けて、困惑しつつも承諾した。空気を読んで、人の要望にできるだけ応える。いつもの私。

でも今うなずいたのは初めて誰かに必要とされた、と思ったから……かもしれない。

「まずコンテストについて確認してもいい？　私は応募するつもりなかったから実はあんまり詳しく見てなくて」

私がスマホを取り出すと、鍵屋くんは目を丸くした。

「えーっ、もったいな。応募したほうがいいって、こんなチャンス」

「そうかも……。とにかく応募要項見てみるね」

私は曖昧に笑い、Ｌｅｔｔｅｒを開いてコンテスト特設ページを見ることにした。

『あなたを教えて、世界を色づけて
～Ｌｅｔｔｅｒ初のコンテスト！　受賞作は書籍化！～

Ｌｅｔｔｅｒのサービス開始から三年。毎日ここには美しくて繊細なたくさんの色が溢れています。

「あなたの色とりどりの気持ちを教えて。あなたの感情は、どこかの誰かに届く」というコンセプトのもと、今日もあなたの言葉はたくさんの方に届いています。

このたび、Ｌｅｔｔｅｒを利用している方だけでなく、もっとたくさんの方に届けたいとコンテストを企画しました。みなさんの言葉がネットの海を超えて、形を得て

本になります。

あなたの素直な気持ちを世界に伝えてください』

運営からのメッセージのあとに応募要項が記載されている。

募集は、Ｌｅｔｔｅｒ部門と小説部門がある。

Ｌｅｔｔｅｒ部門はいつも通りの150文字の投稿に、コンテストタグをつけるだけ。

小説部門は150文字の投稿を続けて、最終的に一万文字〜三万文字の小説にする。

Ｌｅｔｔｅｒ部門から百作、小説部門から数作が受賞となり、一冊の本になるということらしい。

「受賞したら本になるってすごいね、Ａ社とのコラボなんだ」

「夢あるよな。今まで読み専だった俺が登録したのもこれに応募したかったから」

そう語る鍵屋くんの瞳は、水分をたっぷり含みキラキラとしている。

だけど意外だ。人の印象を見た目や雰囲気だけで決めつけてはいけないと思うけど、彼と小説というのはあまり結びつかない。

いつも友達に囲まれていて……なんというか文学少年らしさはない。

では、どういう人が文学少年や小説家になりたい人なのか、と聞かれるとそれはそれで困ってしまうけど。

「俺は小説部門に応募する」

「Ｌｅｔｔｅｒ部門じゃなくて？」

どちらも倍率は高そうだが、純粋に難易度の高さで言えば小説部門じゃないだろうか。

「うん。どうしても小説が書きたいから」

鍵屋くんははっきりと言い切った。

それもまた彼の意外な顔だった。

私は鍵屋くんに近しいものを感じている。周りの空気に同調して、誰かの意見に賛成する。いつもへらへらしているところが似ている、と。

だから今回はっきり自分の意見を通してきたのは意外だった。

というよりも、今日の彼はずっと強引だ。

彼と出会って半年、そんな姿を見たことがなかった。まあ、そもそも彼とそこまで親しくはないのだけど。

『どうして小説を書きたいの？』と聞こうとした言葉を飲みこんだ。踏みこみすぎた質問のような気がしたから。代わりに訊ねてみる。

「どんな小説を書こうと思ってるの？」

「まだまったく未定」

　小説を書きたいとはっきり言うから、すでにテーマが決まっているとばかり思っていた。

「コンテスト告知があってから考えてはいるんだけど、何も思いつかなくて。だから小説的に言うと、藁をも掴む気持ちで瀬戸に依頼した」

　それはことわざであって小説的なのだろうか？　という素朴な疑問はさておき。とにかく素人である私に手伝って、と頼むくらいには困っているらしい。

　締切は年末。今はコンテスト告知から半月ほど過ぎた十月上旬だから、私たちに残された時間は二ヶ月半。

「二ヶ月半で最低一万文字かあ」

「150文字……毎回150文字ぴったりに投稿しないとしても、七十回くらい投稿すればいける。そう思うといける気しない？」

「……する」

　私が納得すると、鍵屋くんは白い歯を見せた。……二ヶ月半毎日投稿すれば文字数的には足りる。文字数的には。

　だけど単発の150文字の七十回の投稿と、一万文字の小説は全然違うのではないだろうか。

「つまりまとめると、鍵屋くんは小説部門に絶対に応募したい。だけど肝心の小説はまったくの白紙。締切は二ヶ月半後」

「正解」

なるほど。全然のんびりしていられる状況ではない。

私の戸惑いはほんの少し顔に出てしまったようだ。

「でもざっくりと考えてることは一応あるんだよ」

鍵屋くんはリュックから革の手帳を取り出した。大人びた上品なネイビーのもので、使いこんでいるのか少しくたびれている。

「青春恋愛で、季節にまつわるものにしたい」

彼がぱらぱらとページをめくる。そこには【◎青春恋愛　テーマ↓季節】とだけ書いてあった。

ベタなテーマではあるけど、それなら私でも手伝えるかもしれない。

ここで時代小説や本格ミステリを書くと言い出したら、私にできることはまったくなかった。

「主人公とかストーリーとかは？　何か決めてる？」

「まったく決まってない！」

「一欠片も？」

「一欠片も。ここで一欠片って言葉が出てくるところが文章うまいな、と思うわ」

……そうかな？　という突っこみは笑顔に変えておいた。

「アイデアをどう出してんのか、まず聞きたかったんだよな。ｃｌｅａｒさんはいつも恋愛について書いてるけど、毎回登場人物は違ってて。片思いだったり両想いだったり、別れたカップルとか幅広いじゃん。それ全部が実体験ってわけじゃないよな？」

「そうだね」

ほんとのところは実体験、ゼロだ。「はい」とも「いいえ」ともならない返事で濁す。

「だからどうやってネタを考えてるか知りたい」

鍵屋くんは嫌味など一切なく、純粋な気持ちで聞いているみたいだから、私も正直に答えることにした。

「今日は片思いの子の話にしようかな、両想いにしようかな、ってなんとなく決めてるだけかも」

「なるほど……」

「二月十四日だから、バレンタインの話を書こうかなって思うときもあるよ」

改めてネタの出し方を問われると難しい。あまり細かいことは考えずに目についたものから着想を得ていた。

150文字ではそれが許されても、小説となると変わってくるのではないだろうか。

「テーマは季節っていってたけど、それをテーマにしようと思ったのは、どうして？ そこから膨らませてみるのは？」

「……いや、特別考えたわけじゃない。青春恋愛物で季節にまつわるものにする、ってこと以外は本当にまったく考えてない。主人公もシチュエーションもアイデアも特にない。ごめん。こんな状態でアドバイス求められても困るよな。自分でももう少し考えてみるわ」

鍵屋くんは眉を下げて愛想笑いを浮かべる。――私とよく似た。

だから思わず、言ってしまった。

「ううん。一緒に物語作ってみよう。まだ二ヶ月半あるよ！」

鍵屋くんからぱっと花が咲くような笑顔が返ってくる。それは愛想笑いではなく、心から安堵した表情だった。

＊　＊　＊

私の一番嫌いな時間が始まった。

「早く帰ってくるなんて知らなかったから。文句があるなら連絡してくれる？　いつも遅いんだから」

それは両親が会話をしている時間。

棘のあるお母さんの言葉が食卓に響く。私は二人の顔を見比べるけど、壮太は知らん顔で豚バラを口に放りこんでいる。

「別に文句を言ったわけじゃない」

「じゃあなんでわざわざ言ったの」

「靴下がある、と言っただけだろ」

「そんな言い方してない」

お母さんの言葉に、お父さんは荒々しく席を立った。

久々に夕食の時間にお父さんが帰ってきた。

手を洗おうとして、洗面所に汚れた壮太の靴下が浸けてあったことが気に入らなかったようだ。リビングに入るなり「靴下が邪魔だった」と吐き捨て、それにお母さんがカチンときたわけだ。

お父さんは気に入らないことがあると我慢できずにぼそりと呟き、お母さんはそれに大きく反応して一言言い返さないと気がすまない。

二人は相性が悪い。子どもながらになぜこの二人が結婚することになったのだろうと思うほど。

二階から、苛立ちに任せて扉を閉めた大きな音がする。お父さんはイライラすると物に当たり、すぐに書斎に閉じこもる。

「ご飯どうすんの⁉　食べるの、食べないの⁉」

お母さんが二階に向かって叫ぶけど、返事はない。

「はあ、もう……物に当たらないでよ」

お母さんはわざとらしい大きなため息をついた。二人の刺々しい会話はいつも私の心を的確に刺す。

どうして二人ともすべてを吐き出してしまうのだろう。一言、内に留めておくだけでこんな空気にはならないのに。

「今日中に洗わないと明日間に合わないもんね」

神経質に箸をトントンと打ち付けるお母さんに、私は笑いかけてみる。

「そうよ。それに洗剤に浸けこんでおかないと汚れ取れないし」

お母さんは私の共感に少し表情を和らげた。

……よかった、〝正解〟だった。あまり味のしなくなったご飯を飲みこんで安堵する。

だけどお母さんの機嫌は完全に回復していないらしく、いつもの壮太への怒涛の質問もなく、ダイニングには重い空気が漂っている。

「そういえば、今日帰りに久々に田岡《たおか》のおばちゃんに会ったよ」

空気を和らげようと私はどうでもいい話を始めた。絞り出した世間話は自然と早口になる。

「田岡も野球やってるって知らなかったなー。今、田岡も私立行ってるみたいで――」

そのとき、私の言葉を遮るように壮太が音を立てて立ちあがった。食べ終えた皿はそのままに、白けた顔をして二階に上がろうとする。

お母さんはすぐに壮太を追いかけて、階段に向かって呼びかける。

「壮太！　監督にもらってきたプリントがあるから！　あとで見てね！」

私のどうだっていい話は宙ぶらりんになる。別にこの話を聞いてほしかったわけではないけど。

誰にも受け止められず無意味となった言葉たちが、私の体積を一ミリ削った。こうして私は少しずつ削られていって最後には消えちゃうのかもしれない。

――今の感情。あとでＬｅｔｔｅｒに投稿しようか。

お母さんは壮太がいなくなると堂々とお父さんの愚痴を言い始める。私はＬｅｔｔｅｒのことを思い浮かべながら、愚痴を一つずつ受け流す。

お母さん曰く、私は友達のような存在らしい。

壮太は子どもで私は友達。

それは喜ぶことなのか悲しむことなのかいまいちわからなかった。

食べ終えて二階に上がると、書斎の扉が開いてお父さんが出てきた。どうやらトイレに行くつもりらしい。

「お父さん、おかえり」

笑顔を作ってみせるけれど、お父さんは不機嫌そうに私の横をすり抜けてトイレに入っていった。

……機嫌が悪いだけ。私のことが嫌なわけじゃない。

そう心の中で呟いて早足に自分の部屋に入り、スマホを開く。皆がやっている、写真や動画を投稿するSNSの通知が届いていた。

【友梨とカフェ　次は雫もいこー】

アプリを開くと、香菜が四人分のケーキの写真を投稿している。ダブルデートは成功したのだろう。

私をタグ付けして名前まで出してくれているのだから、何かコメントしたほうがいい。そう思って、コメントを打とうとした指が止まる。

【いいなあ】と返したら、今日仲間に入れてもらえなかったことに不満があるように聞こえるだろうか。

たっぷり一分悩んで【おしゃれなカフェ　私もケーキ食べたくなった】と角が立たない無難なコメントを残すと、ベッドに倒れこんだ。

家の中にいても、友情は気を抜けない。ＳＮＳでの立ち回り方にひどく気を遣ってしまう。

本当はＬｅｔｔｅｒ以外のＳＮＳを辞めたい日もある。だけど私がＳＮＳのアプリを削除する日はきっと来ないだろう。

次にＬｅｔｔｅｒを開くと、ようやく身体の力が抜ける。

心臓がすっかり冷えてしまったときは、黒色の投稿を見る。もやもやが絡まったこの気持ちと同じ感情を見つけたかった。それから自分の思いを打ちこむ。

【言葉も、視線も、態度も　剥き出しの刃《やいば》だ
誰かを斬り捨ててまで、言葉って吐き出さないといけないの？
僕の言葉は鞘《さや》に収めたままサビついて抜けない
笑顔の鎧《よろい》が重いよ】

目をつむっても両親の会話が聞こえるみたい。相手の気持ちよりも自分の感情を優先した言葉たち。周りを傷つける言葉たち。

「暗い文章だなあ……没」

そして今日も投稿ボタンを押せず、削除する気にもならず、真っ黒の感情を下書き

保存した。

私は自分の言葉を吐き出すのが怖い。

＊＊＊

水曜日。放課後、鍵屋くんが図書室にやってきた。

私は図書委員として毎週水曜日は図書室で貸出の係をしている。

部活やバイトで忙しい人たちが放課後の拘束を嫌がったから、いい子ぶって立候補した図書委員。

だけど、家にすぐには帰りたくない私にとってちょうどよかった。

ダークブラウンで統一された図書室。大きな窓から光が差しこみ、埃がキラキラと輝いて見えるこの空間も実は好き。

現実から切り取られた非現実な世界にも見える。

この空間に鍵屋くんがやってきた理由はもちろん、物語を手伝う件。

「ここ隣座っていいよ。私一人だから」

図書委員の仕事は忙しいわけではない。貸出カウンターに座っているだけで、いつもほとんど宿題をして過ごしている。大きな声でしゃべらなければ、ここで打ち合わせをしたっていいだろう。

「昨日のｃｌｅａｒさんの投稿もよかったよ、切なくて」

「本当？　ありがとう」

黒の代わりに投稿したピンク。片思いをしている女の子の気持ちを勝手に想像した、私の中に存在しない感情。

「それで早速本題に入ってもいい？」

鍵屋くんは落ち着かないようで視線を左右に動かす。

「おっけー」

「じゃあお互い発表していこう」

私たちはあの日、アイデアが何一つない状態で話し合っても進まないだろうと判断して、二日後の水曜日までに自分たちに宿題を課した。

幸い〝青春恋愛〟と〝季節〟という大枠のテーマだけは決まっていたから、宿題で考えるべきことは二つ。

一つ目は、主人公と恋の相手。

男か女か、年齢はどうするか。ざっくりしたものだけでも決めておく。恋愛物にするのだから相手役も。

二つ目は、季節に関連するワード。

たくさん書き出してみて、その中からこれを書きたい！　というものが見つかるかもしれない、という私のナイスアイデアだ。
「主人公は男子高校生にしようと思う。自分と同じ属性のほうが書きやすいと思って。年齢も十六」
「いいと思う。恋の相手はどうする？」
「それも……クラスメイトってことにしよう。イメージしやすいし」
書きやすいからというだけの単純な理由ではあるけど、ひとまず主人公と相手役はすんなり決まった。二人のさらに詳細な設定は、次回までの鍵屋くんの宿題となった。
「次は季節について。ワード考えてきた」
鍵屋くんは文字を書きこんだコピー紙を机の上に広げた。
春――花粉症　入学式　四月
夏――暑い　夏休み
秋――落ち葉　焼き芋
冬――寒い　雪　クリスマス
「………」
正直な感想は「えっ、これだけ？」だったが、もちろんそれをストレートに口にしてはいけない。代わりに私のコピー紙を渡す。

「過去の私の投稿の中に季節にまつわるものがあったからまとめてきた。例えばこれは花火。花火を見ている君の横顔を見て恋心に気づいたって話。これはクリスマス。去年は一緒にツリーを見たけど今年は隣に君がいないって話」

いくつかの投稿をまとめたものを鍵屋くんは食い入るように見ると、感嘆の声を漏らした。

「あーこういうことかあ。さすがｃｌｅａｒさんだし、瀬戸って感じ。しっかりしてる」

鍵屋くんが読んでいる間に、私はｋｅｙの投稿を思い出す。あれも季節についての投稿だった。私はアプリを開いてｋｅｙの作品を見る。

【カランと氷が落ちた　音に視線をあげる
グラスの水滴と、君の喉に張り付く汗が重なって目を落とす
眩しくてずっと目をそらし続けていた　君と、このじっとりとした気持ちに
だけど今日は決めている　次に氷が落ちたらそれが合図　君に明かすよ】

他の二作も春と冬の瑞々しい恋の話で情景描写が素敵な作品。私に頼らなくても作れるのに。

「ｋｅｙの投稿も季節のものだし、鍵屋くんは季節について書くのが好きなの？」

何気なく聞くと、コピー紙から顔を上げた鍵屋くんは眉を下げた。それは肯定の笑顔にも――困っているようにも見えた。毎日愛想笑いを繰り返す私にとって既視感のある、本音を隠すための笑顔。

「そう。てか、まあ季節って定番じゃん」

「あーそうだね。いろいろ思いつきやすいかも」

彼の隠した感情には気づかなかったことにして、表面の言葉だけを受け止めておく。

「四季の移り変わりを書くのもいいかもね。でも一万文字でそれは難しいかなぁ」

「難しそうだなー」

「それなら季節を絞っちゃったほうが楽かも。ｋｅｙの投稿のこの夏の詩も素敵だし、夏は青春小説でも人気じゃない？　春は切ないし。鍵屋くんは好きな季節ってある？」

鍵屋くんはじっと視線を落として思案顔になる。

「秋にする。俺、秋が一番好きだし。それに今の季節のほうが書きやすそう」

書きやすそう、というあいかわらずの理由だけど、決めきってしまったほうがいい。

「わかった。じゃあ、次は秋に限定してワードを考えてみる宿題にする？」

私の提案に鍵屋くんは首を左右に振った。

「いや、やめとく。それよりも秋、探しにいかない？」

「秋を探す？」

「そう。家でじっと考えてても無理そうだから。せっかく今、秋だし題材を探しにいかない？」

家でじっと考えるタイプの私と違って、鍵屋くんは感覚派でその場で見たものをぱっと取り入れる天才型なのかもしれない。それなら自宅で考える宿題では何も思いつかないのもうなずける。

「うん、行こう」

何かを書くにはインプットも大事だとどこかで聞いたかもしれない。ｋｅｙの150文字の作り方を知りたくなった私は即座に了承した。

「じゃ連絡先教えて」

ごく自然に鍵屋くんはスマホを差し出す。

男子と連絡先の交換。しかも私とまったく違う世界にいる鍵屋くん。

少し戸惑いながら彼を見ると、不思議そうな目で見つめられた。彼にとっては、女子と連絡先を交換することは特別じゃないのだろう。

「今週の土日空いてる？」

私の気など知らず、鍵屋くんは人好きのする笑顔を向けてくる。

私のスマホに鍵屋くんの連絡先が加わって、今週の土曜日に鍵屋くんとの予定ができた。

本を借りる生徒がカウンターに訪れて、私たちの一度目の水曜日は終わりを迎えた。

＊　＊　＊

帰宅すると、お母さんの車が停まるところだった。車からお母さんとジャージ姿の壮太がおりてくる。

「おかえり。ポストの物、取ってきてくれる？」

お母さんは大きな荷物を車からおろしながら私に言った。泥だらけの壮太が家に入ろうとするから「待って待って、その荷物は家に持ちこまないで！　すぐにシャワーも浴びてよ！」と追いかけていく。

壮太が所属する野球クラブチームの練習に、週の半分はお母さんが送迎をする。

荷物で手一杯のお母さんの指示通り、ポストから郵便物を取り出す。

すぐに捨てるＤＭたちに紛れて、Ａ４サイズの封筒。封筒に記されたロゴを見て――身体がほんの少しこわばる。

なんとか息を吐いて家に入ると、洗面所に向かった。

「何」

洗面所にはジャージを脱ごうとしていた壮太がいて、ぶっきらぼうな言葉を投げられる。

「手洗うだけ。あとこれ届いてたよ」

「そ。早く出てって」

壮太は興味なさそうに封筒を眺めると、早く出ていけと視線でアピールする。

私だって壮太と長くいたくはない。すぐに洗面所を出ると、リビングのダイニングテーブルにＤＭや封筒を置いた。壮太宛の封筒のロゴと差出人が再び目に飛びこんでくる。

——それは私が行きたくて、行くことを許されなかった私立高校。そして壮太が目指す高校だ。

＊　＊　＊

土曜日、約束の時間の十分前。

私は落ち着かない気持ちで何度もスマホを出したり引っこめたりしている。何度時計を確認したって時間が早く進むことはないのに。

「あれ、もう来てた」

完全に油断していた私の前に影ができた。

「お、おはよう」

「おはよ」

今日は秋の題材探しの日。

市で一番大型の公園がある駅で待ち合わせをしていた。

男子と二人きりで出かけるなんて初めて。

別に好意があるわけではない。目標に向かって協力するだけのこと。

だとしても、落ち着かない気持ちにはなる。

「今日結構あったかいな」

鍵屋くんは深いグリーンのシャツにブラックのパンツを合わせていてシンプルだけど、そのスタイルのよさもあり、とてもおしゃれに見える。

……私は変じゃないかな。自分の服装を確認する。

公園なら、とデニムパンツにした。――いや、別にデートじゃないから、なんだっていいはず。

あまり張り切っていると思われたくなくて、髪型はアレンジせずにいつものままで、メイクもほとんどしていない。学校にいるときと同じ、に見えるように。

二人並んで歩くだけで気恥ずかしい。

「そういや今さらだけど瀬戸って彼氏いないよな？」

「え、うん！」

彼氏という響きにぴくりと肩が震える。

「それならよかった。結構強引にお願いしちゃったから、迷惑かけたらと思って」

鍵屋くんの表情に気遣いの色が浮かぶ。

私は首を横に振った。

「私も題材探したかったし……それより鍵屋くんは？　彼女、大丈夫なの？」

今さらながら冷や汗が出る。鍵屋くんはもちろんモテる。何度も告白されたという噂を聞いたし、今はわからないけれどかわいい彼女がいた記憶もある。

創作の手伝いをして、修羅場に巻きこまれるのは避けたい。誰かの恋人と、しかも鍵屋くんと二人で出かけるなんて周りになんと言われるか……想像するだけでぞっとする。

「いたら誘わないって！」

彼は見た目通り、不誠実なことはしないようだ。ほっと一息つくと、鍵屋くんが私の顔を覗きこんだ。

「てか鍵屋くんってやめない？　なんかかゆくなる。みんな駆って呼んでるし駆にしてよ」

「名前……善処します」

「あはは、なんだそれ」

私の返事に鍵屋くんはからからと笑った。

「雫」

突然呼ばれた名前に全身が固まる。

「え」

「瀬戸は雫、だったよな」

訊ねられて、それが呼びかけではなく確認だったと気づく。

「うん、瀬戸雫」

「カギヤカケルってめっちゃカ行だけど、セトシズクもまあまあサ行」

「ふふ、ほんとだ」

「公園ついた。行こ、雫」

さらりと名前を呼ばれて次は胸が少しだけ震えた。


公園にたどり着く。

図書館が併設されおしゃれなカフェや茶室、子ども用の遊び場、それに競技用グラウンドもあり、子どもからお年寄りまでさまざまな人が訪れる。今日は天気もよく気候のいい時期だから、それなりにたくさんの人がいた。

ここでは四季の花も見ることができ、季節をイメージするにはぴったりな場所とも言える。ひとまず私たちは公園を一周することにした。

「ここ鯉に餌やれるらしい」

大きな池に差しかかったところで駆はうれしそうな声を出した。何組かの親子が池に向かって何かを投げている。

駆が指さすほうを見ると『鯉の餌　百円』と手書きの札があり、小さなカプセルトイのような機械が置いてある。

駆はためらいなく機械に百円を入れると、モナカが出てきた。モナカを割るとウサギのフンみたいな――多分鯉の餌が入っていて、半分を手渡してくれる。

餌やり体験をするなんていつぶりだろう。小学校二年生のときに家族で動物園に行ったのが最後かもしれない。

そのあと、壮太が野球のチームに入ってからは家族で出かけた覚えがなかった。

「雫、どうした？」

「ううん、なんでも！」

はしゃぎながら鯉に餌をあげている家族連れの隣に私たちも並ぶ。

近づいてみると想像していた以上の数の鯉がいて驚いた。離れた場所からは気づかなかったが、池の底の色にまぎれて土色の鯉が何十匹もいる。五十匹、いやもっといるかもしれない。

駆が餌を投げると、十匹ほどがなだれこむように群がる。

「腹減ってんのかな」

「勢いすごいね」

必死に口をパクパクさせて群がってくる様子は見ていて恐怖を感じるほど。

「赤いのもいるな」

土色の鯉の中に三匹ほど目立つ鯉がいる。全身が赤に近い橙《だいだい》色の鯉と、白と赤が混じった鯉だ。私の中の〝鯉〟のイメージはこっちだった。

「あのお魚さんにあげたいのー」

隣から女の子の声が聞こえた。三歳くらいのその子は橙《だいだい》色や紅白の鯉に餌をあげたいらしい。だけど無数にいる土色の鯉が大量に押し寄せては餌を食べ尽くしてしまうらしく、なかなかお目当ての子にあげられないようだ。

「ほら！　赤白の子が来たよ！」

お母さんであろう人が女の子に呼びかける。

女の子は紅白の鯉に向かって餌を投げるけど子どもの力では遠くには飛ばず、近くに群がっていた土色の鯉があっという間に食べてしまった。

不機嫌になる女の子をお母さんが必死に慰めながら「次はオレンジの子が来たよ」と呼びかける。

私の前に群がっているたくさんの土色の鯉は必死にパクパクと口を開けている。

それに比べてあの美しい鯉は少し離れた場所を優雅に泳いでいる。生命感溢れる土色の鯉に同情し、自分を重ねてしまう。

こんなに頑張っているのに、皆が夢中になるのはあの美しい鯉。

私はモナカを逆さにして、すべての餌を池に落とした。……全員に行き渡るといいな。

ふと顔を上げると駆がこちらを見ていて、はっとする。駆にもらった餌だったのに、それはあまりにも投げやりな動作だった。

そう気づいたときには遅く、駆が私のもとまでやってきた。

「鯉苦手だった？」

気遣い屋の駆が心配そうに私の表情を確認するのは至極当然だった。

「ご、ごめん。一気にあげちゃって。苦手じゃないんだけど……お腹空いてそうでかわいそうになっちゃって」

「腹減ってそうだもんな、わかるわ」

根っこにある本当の理由は隠したけどそれらしいことは言えたし、駆も共感してくれた。

「まだ餌やりしたいから次は私が買ってくるよ！」

それだけ言うと私は機械のもとに走った。

……私と駆は似ているところはある。だけど駆は私と違う、橙色《だいだい》の鯉だ。皆を惹きつける明るい色をした男の子。


池を離れた私たちは、四季の花からヒントを得ようとガーデンに向かうことにした。

園内はどこも緑が美しいけど、花が咲き誇るガーデンエリアがあるらしい。

広大な芝生広場を抜けながら、私は考えていたことを話す。

「コンテストの応募作、もう結構集まってきてるからどんな作品があるか見てみたの」

「敵情視察てやつだ」

「それで気づいたことがあるんだけど、小説部門は大きく二つの傾向に分かれてた」

「傾向？」

駆が目を見開き関心を寄せてくれたことに安堵して、私は話し始めた。

「短編小説として書く人たちと、150文字を連載している人たちに分かれる」

「……どういう意味？　ちょっとよくわからん。小説部門なんだから小説を書くし、Ｌｅｔｔｅｒは150文字までしか投稿できないよな。みんな150文字を連載してるんじゃ？」

　駆は率直な疑問をぶつけてくる。

「Ｌｅｔｔｅｒは150文字までしか投稿できないから、投稿の仕方は一緒なんだけど……なんていうのかな。数万文字の小説をただ単に150文字に区切ってる人と、150文字ということに意味を持たせてる人がいると思うんだよね」

「なんとなくわかってきた」

「普段からＬｅｔｔｅｒを利用している人だけじゃなくて、コンテストだから小説家を目指している人たちも多く応募しているみたいなの。そういう人は、あらかじめ短編小説を書いてそれを150文字に区切って投稿していると思う」

　Ｌｅｔｔｅｒ以外のＳＮＳやネットニュースを検索した結果、今回のコンテストはちょっとした話題になっていて、普段Ｌｅｔｔｅｒにいない人も参加しているみたい。

「でもきっと〝150文字〟〝Ｌｅｔｔｅｒでの投稿〟ということに意味があると思うんだ。だって数万文字の小説を応募するのに、150文字に区切るのって投稿者はすごく面倒だし、審査する側も読むの大変じゃない？」

「すごい、絶対にそうだよ！」

　駆は興奮したように同意してくれた。

「私が憧れててすごいなと思うＬｅｔｔｅｒの作家さんたちは後者で、150文字を連載してるの。150文字だけでも一つの作品として成立しているし、続けて読めば一つの小説にもなる」

駆は足を止めた。顔には困惑と不安を混ぜた色が浮かんでいる。

「それってかなり難易度が高くない？」

「そうかも。でもね、普段からＬｅｔｔｅｒにいる私たちはそっちのほうが得意だと思うんだよ。ｋｅｙの投稿も素敵だったし。私も150文字なら協力できるかもしれない」

「……なるほど」

駆は先ほどまでの興奮した様子を潜め、考えながらまた足を動かし始めた。

「だからまずは150文字のお話をたくさん考えてみるのはどうかな？　主人公や設定だけは固定して。それを最後に一つに繋げてみれば、小説になりそうじゃない？」

「一万文字は難しいけどそれならいけるかも」

「まあ150文字を七十個くらいは作らないといけないんだけどね」

私が苦笑すると、駆も同じく苦笑いをこぼした。

「だから設定を細かく練る前に、公園を見ながらいくつか作ってみようと思って」

「花見てたらなんか思いつきそうだもんな。難しいこと考えずに作るか！」

駆は明るい笑顔に戻り、私も提案を受け入れてもらえてほっとする。

クラスで提案したりまとめたりすることはある、そういう役割を求められているから。

自分の見解を伝えることに慣れていない。だけどＬｅｔｔｅｒのことなら私でも積極的に意見ができるのかも。

「俺にいろいろ協力してくれてるけど、雫はどうなの？」

「何が？」

「何がってコンテスト。小説書くの無理って言ってたけど、この方法なら雫も書けるんじゃね？」

……それは私も思っていたこと。

最低一万文字の小説なんてとても無理だと思っていたけれど、この方法なら書けるかもしれない。

「でも今回はやめとこっかな。駆を手伝って自信が持てたら次回は応募するかも」

「次はないかもよ」

「そうだよねー、考えておくよ」

「お、あそこに見えるのがガーデンかな？」

私が濁したのを読み取ったのか、駆はそれ以上言及するのをやめて話を変えた。空気を読んでくれる駆はありがたい存在だ。

コンテストには応募したくない。Ｌｅｔｔｅｒのコンテストなんて絶対に。

……だって選ばれなかったら。ここでも選ばれなかったら。

Ｌｅｔｔｅｒに、好きなものに、受け入れられないことが、怖い。

＊＊＊

玄関の扉を開けるまで、今日の私は間違いなく幸福だった。

秋の花を見てどのような言葉にするか、思いを巡らせるのはとても気分がよかった。

今までの私のＬｅｔｔｅｒは、他人の感情を想像してピンクの恋心に変えていたけれど、目の前の景色をそのまま言葉にする。

それを美しいと思う心に偽りはなく、誰にさらけ出しても不快に思わせない言葉が浮かぶ。

駆の『家で考えるんじゃなくて探しに行こう』という作り方を体感し、ｋｅｙの言葉はこうして生まれているのだと知った。

神経質な私は結局その場で150文字をまとめることはできなかった。それは駆も同じらしく、公園ではインプットに留め、お互い帰宅して落ち着いた空間で文字にしたためることに決めた。

シンプルに楽しくて、一度もどうでもいい話をしなかったのに、いつもの何倍もしゃべってしまった。

ふんわり膨らんだ気持ちは、扉を開けた瞬間に割れた。リビングのほうから刺々しい声が聞こえたから。

……ああ、お父さんいるのか。

今日は朝から出かけていたはずなのにどうして。

そんな私の疑問に答えるように、お母さんの尖った声が聞こえる。

「今日本当にゴルフだったわけ？」

「そう言った」

「どうだか」

「わけのわからんことを言うな」

そうしてリビングは静かになる。きっとお父さんは会話をめんどくさがって書斎に向かったに違いない。

私は靴を脱ぐか迷って、音を立てないようにそっと家を出た。

階段が廊下にあればいいのに。

心の中で愚痴る。我が家はリビングを通らないと二階にはいけない造り。今リビングを通ればきっとお母さんに捕まってしまう。

――楽しく満たされた身体をお父さんの愚痴で流されたくない。

私は行くあてもなく家の周りを歩く。

見るものすべてが輝いて見えた公園と違って、今日に入るものはすべてが灰色で重く見える。

私はスマホを取り出すと、心に立ちこめてきた感情を打ちこんだ。

【君がくれた金木犀《きんもくせい》を水に浮かべる
透明な水面に咲いたオレンジたちがゆらゆら揺れて私を照らす
一滴の墨汁が、水面に落ちる
揺れる、滲む、広がる、混ざる、染まる
一度広がった黒が優しい橙《だいだい》を消していく】

今日はこんな言葉を吐き出すつもりじゃなかったのに。

初めて名前を知った花の柔らかな150文字を書くつもりだったのに。

私から出てきたのは黒い気持ちだった。

嫌だ。こんな気持ちがどろりとあふれ出てくることが。

下書きボタンを強く押す。

吐き出してみたのに、黒は消えてくれない。

「シュウメイギク、タマスダレ、ツワブキ、パンパスグラス……」

黒を消すように、呪文のように、今日初めて知った花の名前を呟く。

消えて、消えて、私の黒い気持ち。

オレンジ色の花を必死に思い浮かべる。

咲いてよ、黒を覆い隠すくらい。

＊＊＊

「雫！　おはよ！　報告があるの！」

教室に入り、香菜と目が合った途端、彼女は転がるように私のもとにやってきた。

香菜の丸い瞳が輝いていて満面の笑みを浮かべるから、私も明るさのギアを調整する。

「なになにー？　うれしそうだね」

「じ・つ・は！　彼氏ができましたー！」

「えーっ、ほんとー!?　例の彼？」

「正解っ！　昨日告白されたっ！」

できるだけ目と口を開いて大げさに反応して、香菜が飛び跳ねて抱きついてくるのを受け止める。

そのうちそうなるかもしれない、と思って身体の中に用意していた反応はすんなりと表に出てきた。

香菜の相手は予想通りの人だった。

先日ダブルデートをした友梨の彼氏の友人。友梨の彼と同じ大学の十九歳で三回目のデートで告白されたらしい。

私たちが抱き合っているところに友梨も登校して、二人で冷やかすと香菜は顔を赤くしながらもくすぐったそうにしていた。

素直に感情を口に出す香菜の言葉はどれも興味深い。

私は恋をしたことがない。リアルなかわいいピンクの気持ちを頭にメモした。

【昨日と今日　君と私
身体の成分は0・1グラムだって変わらないのに
「好きだから付き合って」
たった10文字で、

爪先から髪の毛1本まで作り変わったみたい
昨日の君と私　今日は彼氏と彼女
私を呼ぶ声の温度が10度変わる
私、こんなにあたたかな名前なんだって初めて知った】

＊＊＊

「昨日の投稿、ちょっと雰囲気違ったね」

駆はブレザーを脱ぎながら席について一番にそう言った。

二回目の水曜日の図書室。太陽が最後に力を振り絞るこの時間はカウンターに西日が強く差しこみ、十月とは思えない暑さになる。

「雰囲気？」

「ｃｌｅａｒさんの作品いつもほんのり暗くない？　俺はそこが好きなんだけど。昨日のは珍しく純度百パーセントだったから。昨日のも好きだけど」

自覚はなかったが、根の暗さが文章に溢れてしまっていたのかもしれないと苦笑いがこぼれる。

「昨日のは友達のことを書いたから自然と明るくなったかも」

「あー岡林《おかばやし》？　うれしそうだったもんなー」

「聞こえてた？」

「教室の入口で騒いでたらそりゃ誰でも」

「香菜は元気だよねー。香菜の話聞いてたら150文字にしちゃった」

香菜の気持ちを想像して書いた話は、可愛くて明るい混じり気のないピンクになった。

「雫ってもしかして恋愛マスター？」

駆は唐突にそう言った。

恋愛マスター。私とはかけ離れた単語に面食らい、おかしくなって吹き出してしまう。

「なんで？　まったくそんなことないよ」

「ｃｌｅａｒさんっていろんなパターンの話を投稿するから経験豊富なのかと」

「残念ながら全然。友達の恋話か、ほとんど想像だよ。駆こそ経験豊富なんじゃない？」

「まあそれなりに？」

駆は否定することなく笑った。モテる自覚はあるらしい。

「私は恋愛ってまだよくわからないから。ｃｌｅａｒは実体験なんかないんだ」

Ｌｅｔｔｅｒの話を絡めると自分のことをしゃべりすぎてしまう。何も経験がないのに知ったふうに書いていると知られるのは正直恥ずかしい。

私よりよっぽど恋愛マスターな駆を見ると、なぜか納得したようにうなずいている。

「俺も正直わからない。告白されたらその子のことといいなって思っちゃうけど、それが恋かわからない」

「ちょっとわかるかも。自分を選んでもらえるってうれしいよね」

告白されたこともないから、想像でしかないけれど。

私を選んでくれた。

その人の彼女に、唯一の存在になれるなら。

それが永遠の恋でなくても、自分の気持ちが伴わないとしても、彼女になりたいと思ってしまうかもしれない。

「まあそんな失礼な考えは見透かされてすぐ振られちゃうわけ」

「そっかあ。でも誰かに告白されるってだけですごいことだよ」

「俺、見た目だけはいいからな」

「自分で言うー？」

駆がおどけて笑うから、私も合わせて声を出して笑った。

——駆は自分のことが、内面が、好きではないかもしれない。

それは私と似ていてほしいというただの願望かもしれないけれど。おどけた裏に隠されたものがちらりと見えた気がした。

「それではそろそろ宿題発表といきますか！」

私が仕切りなおすと、駆はお母さんに叱られる子どものような顔をした。

「ごめん。実はあんまりうまくいかなかったんだ」

シンプルな黒のリュックからファイルを取り出し、その中から一枚の紙を私の前に置く。

一つ目の宿題は、主人公と相手役、ストーリー全体の設定を決めること。

「主人公はどこにでもいる男子高校生でクラスメイトの女子が好き。二人の距離が縮まっていく話にしようと思う」

【主人公――十六歳。高校生
ヒロイン――十六歳。主人公のクラスメイト】

紙に書いてある文字を見て私は一呼吸置いてから口を開く。

「うーん。……ちょっと情報が少ない、かも」

指摘するのは緊張するけど、前回決めたことから何も変化がない。高校生でクラスメイトということは一回目の宿題で決まっていたし〝二人の距離が縮まる〟においてはどの恋愛小説にも当てはまること。

「だよなあ。でもやっぱ思いつかなくて」

「もう一つの宿題はどう？」

二人で見た秋の花を題材にした150文字。

小説の設定は思いつかなくても、150文字のほうから考えていってもいいはず。そうしているうちに大枠のストーリーが生まれるかもしれない。

「うん。でも……一つしか思い浮かばなかったんだ。必死に考えたんだけど」

駆は決まり悪そうに呟くと、ファイルから次の用紙を取り出した。

【オレンジの花が並んでいて、香りがした
君と花を眺める　君のことが好きだと思った】

それは五十文字にも満たない言葉。

私には偉そうに批評できるほどの才能はない。だけど……

「シンプルだね」

言葉を選んで口にすると、駆は苦笑いをする。

「正直に言っていいよ、全然ダメだって」

「ダメとは思わないけど……シンプルだからこそ全体的なストーリーを練らないといけないかもね」

今日は、駆が考えてきた150文字をもとに、一緒に設定を練ろうかと思っていた。だけど今日はこれ以上進めることは無理かもしれない。カウンターには明らかに気まずい空気が漂う。

「飾った言葉で詩的にしすぎるよりも、シンプルで伝わりやすいほうがいいこともあるし、悪くはないと思うよ」

「ごめん、本当に思いつかなくて」

いつも笑みを浮かべている駆が、こんなふうに視線を落とす姿を初めて見た。

駆の表情からしてたくさん考えてくれたのだとは思う。コピー紙には何度も消した跡だってある。

だけど、このままでは進まない。

……どうしようか。このまま家に持ち帰っても多分、同じ結果になってしまう。

何か言わなくては、何か助言ができれば。

そう思っても、私は素人だ。

どうアドバイスしていいかわからない。客観的に見て、私たちが手詰まりなのは明らかだった。

「そうだ。あの日、私も何個か書いたんだよ。参考になるかわからないけど、これを見れば何かアイデアが思い浮かぶかも！」

私はＬｅｔｔｅｒのアプリから下書き一覧を開いた。

公園で見た秋の花をもとにした恋の話が十ほど保存してある。見たままをストレートに表現したので、自分の作品の中でもお気に入りになった。

駆の小説にも使えるかもしれないと思い、ｃｌｅａｒとして投稿はせず、下書き保存しておいたのだ。

私のスマホを受け取った駆はじっくりと読んでいく。

「あーやっぱｃｌｅａｒさんってすげー」

駆は背をあずけ、天井を見上げた。古い椅子がギィと揺れる。

「ほんとにすごいよ。こないだ見た花が思い浮かぶもん。それを恋愛と絡めてて、すごい」

「褒めすぎだよ」

「いや、これはまじで。……あー、俺ってやっぱり才能ないな。小説家になれるコンテストって聞いて飛びついたけどかなり甘かった」

先ほどまでの重苦しい感じはなくなり、駆の口調はさっぱりしていた。その場の空気も明るくなる。

それなのになぜか胸騒ぎがする。駆からどこか諦めのようなものが香っているから。

「駆は今スランプ……に陥ってる感じ？」

「違う。最初から才能がない」

駆はへらりと笑った。――その笑顔の意味を私は知っている。

「でもｋｅｙの投稿はどれも素敵で」

「あれはｋｅｙの作品だからだよ」

はっきりとした言葉が私と駆の間を区切った。

今、扉を閉められた音がした。

駆は私に向き合うと真剣な面持ちに変わる。

「ごめん、雫。今まで雫のこと振り回して付き合わせて。……でも本当に申し訳ないんだけど、今回のコンテストに協力してって話ナシにしてくれない？」

「……な、」

それは突然の終了宣言だった。

なんで？　と投げかけたくなるのを、ぐっとこらえる。

あと二ヶ月はこの協力関係は続くと思っていた。

せっかく始めたのに？　そう言いたかったけれど、澄んだ駆の瞳は傷ついているように見える。私は何も聞けず受け入れることしかできない。

「本当にごめん」

「ううん、大丈夫だよ」

改めて謝罪されて彼は本気なのだと知る。

どうして？

本当は理由を聞きたい。

だけど聞けない。

踏みこんでもいいのか、決して立ち入られたくない場所なのか。その判断がつかないから。

駆が遊びで「コンテストの作品作りを手伝ってほしい」と持ちかけるわけがない。

それならば「やめる」のも、何か理由がある。

それで充分。問いただしても仕方ない。

「でも雫はコンテストに出したほうがいいよ。この秋の話すごくいい。小説部門じゃなくてもＬｅｔｔｅｒ部門で」

駆は作った笑顔を貼り付けたまま、スマホに目を戻して――突然、表情が変わる。

先ほどまでの笑みが消え失せて黙りこみ、しばらくじっとスマホを見ていた。彼の変化に驚いてしまう。

「ｃｌｅａｒさんって恋愛以外も書くんだ」

「え？」

駆が何を指しているのか一瞬考え、すぐに思い当たった。

恋愛以外の話。それは秋の花の話より前に保存した数多くの下書きのことに違いない。そこまで読み進められることを考えていなかった！

「待って！　よ、読まないで！」

後悔しても遅く、私が手を伸ばすと駆はスマホを胸に抱く。

「なんで？　読みたい」

「お願い。それだめなやつだから。下手くそだし、それに」

「本音だから？」

駆は私と同じで空気を読んでくれる同類じゃなかったの？　こんな意地悪なことをするなんて。

そう思って駆の顔を見上げると、スマホを強く握りしめて、彼はひどく真剣な顔でこちらを見ていた。意地悪をしているのではない。暴れていた心臓が冷えたように落ち着く。

駆は私の手にスマホをそっと返した。そして表情と同じくらい真剣な声音で訊ねる。

「なんでこれ投稿しないの？」

「暗すぎるでしょ」

「俺は好き」

「……私は好きじゃないの」

こんなことを考えてしまう自分が。

表面では明るく笑顔を取り繕うくせに、内心は水色と灰色と黒色ばかりな自分が。

自分のことが、私は好きじゃないの。

ほら、またこうして表面に出した言葉以上に暗いことを考えている。

「雫。このあと少し時間ある？　話したいことがある」

しばらくの沈黙のあと、駆が静かな声で言った。

今の駆の誘いを断れる人はきっといないんじゃないだろうか。

その表情はなぜだか切羽詰まっているようで、見ている私が泣きたくなるほどだから。

「ｋｅｙは俺じゃないんだ」

群青色が溶けて紫のグラデーションがかかる頃。

委員の仕事を終わらせた私たちは、公園に向かっていた。

どこか話せる場所はないかと考えた結果、学校から駅に向かう途中にある小さな公園を選んだ。

「秋といえば紅葉って思ったけど、意外にまだ色づいてないよな」

公園に向かう道中、街路樹を見上げて駆は言った。

「私も思った。調べたら、ちょうどいい時期はもう少しあとみたい」

小説の題材探しに、次は紅葉を見に行くのもいいなと思っていた。

だけど私たちの小説作りはたった二週間で、今日で、終わりを迎える。

それ以上お互い言葉はなかった。

何か世間話をひねり出しても、それは上滑りするだけだと気づいていた。これから語られることが明らかになるまで、この空気は変わらない。

だから公園にある木製のベンチに座ると、駆はすぐに本題に入った。

「ｋｅｙは俺のお兄ちゃんなんだ」

温度の低い風が駆の髪の毛を撫でる。瞳にはまた諦めが浮かんでいた。

「だから雫が褒めてくれた描写は兄——啓祐《けいすけ》のもので俺は文章の才能はゼロ」

駆はリュックの中から革の手帳を取り出してぱらぱらとめくる。すると、ｋｅｙが投稿していた三作が現れた。少し大人っぽいその手帳がお兄さんのものだと知る。

「啓祐は小説家なんだ。鍵音《かぎおん》太郎《たろう》って作家知ってる？」

「ご、ごめん。私小説あんまり読むわけじゃないから」

「はは、ごめん。知らなくて当然だよ。鍵音太郎は存在しない作家だから」

「えっ？」

駆の言葉の意味を咀嚼してみるが、わからない。

駆の顔からいつもの朗らかさは完全に消えていて、秋と夕方の色が差しこんでいる。

「啓祐は俺より四歳上で、二年前に事故で死んだ」

「……」

「啓祐は死ぬ数ヶ月前にある小説の新人賞に選ばれた。それなりに有名な賞だったみたいで、現役高校生作家！　とかいって華々しくデビューするはずだった」

〝存在しない作家〟の意味がわかり、唇も喉も固まり声が出ない。

「でも賞を取ったって、そのまま本が出せるわけじゃないらしい。特に啓祐の作品はアイデアが評価されてたけど、文章とか構成は粗だらけだったみたいで、大幅に内容の変更が必要だった」

駆は淡々と話した。なんの感情も浮かべずに淡々と。

「俺は詳しくは知らないけど、両親と出版社で話し合って何かがうまくいかなくて結果的に本は出なかった。それしかわからない」

「……そっか」

「親はあの日から魂が抜けてる。啓祐が死んでからはまだ気丈に振る舞ってたんだよ。

だけど半年経って正式に小説が出ないと決まった日にぷつん、と」

想像だけでは、すべて理解はできない。

それでも胸が締めつけられる。当事者ならどれほどの痛みだったのだろうか。

「啓祐は俺と違って優秀でさ。真面目で、優しくて、穏やかな人だった。小説を読むのが好きで、食事中に読むことも多かったから、そこだけは不真面目だったけど。親にとっては自慢の子どもで、俺にとっても頼れる自慢のお兄ちゃんだった」

ぽつぽつと語られるお兄さんは、過去形で。彼がこの世にもういないことを突き付ける。

「すごい秀才なんだけど、ちょっと変わってるところもあって。そういうとこが小説家なのかな。俺が試合で負けると、即興で俺の短編小説とか作ってくれた。それはたいしておもしろくなかったけど、くだらないって二人で笑ってたらへこんでたことも忘れて……ってごめん。こんな思い出話されても困るよな」

「ううん」

お兄さんのことを語る駆の瞳は悲しみを含んでいるけど優しくて、口調は穏やかだった。

「あの日から俺の家は死んだまま」

今度は少し想像がついた。我が家は壮太がいなくなったらその日に死ぬのだろう。

「Ｌｅｔｔｅｒのコンテストの告知を見て、これなら俺もできるんじゃないかって正直思った。小説は読まないけどＬｅｔｔｅｒはいつも見てたし。そしたら雫がｃｌｅａｒさんって知って、これはもうやるしかないだろって。……啓祐になれるわけなんてないのに」

先ほどまで表情を変えなかった駆が少しだけ眉根を寄せて、大きく息を吐いた。

駆の応募理由。その気持ちだけは痛いくらいにわかり、胸が紐で縛られたように悲鳴をあげた。

きっとこういうときは「お兄さんにならなくても、駆は駆だよ。ご両親は駆のことも愛してくれてるよ」と言うのが正解なのかもしれない。

だけど何も言えなかった。

だって私の家も同じだから。

壮太が死んでも私は代わりになれない。一番の席が空いたからって私はそこに座れない。ずっと空席が続くだけ。

それでも駆は空席に座ろうともがいた。

「でも本当に甘かった。やればやるぶん自分がダメだって思い知らされただけ。啓祐になれるわけなんてないのにな」

駆は苦し気な声を吐き出し続ける。

「……俺の身勝手な事情に巻きこんで本当にごめん。もうわかったんだ、俺には無理だって」

駆の言葉が私の中に入りこんで、息をするのが難しい。

彼は私と似ているのに――決定的に違う。

「……すごいな」

一人でに言葉が飛び出た。それは同情でも共感でもなく、感嘆だった。

「え？　どこが？」

「私が駆ならコンテストに出すなんてきっとできない」

「下手すぎて？」

駆が自分をバカにしたように薄く笑う。

「違う。私はコンテストに出すことが怖いから。自分はお兄さんみたいになれないって突きつけられちゃう気がして。だから挑戦しようとするだけで……本当にすごい」

駆が本音を晒してくれたから、私も自分の気持ちを少しだけ明け渡す。

「でも俺には才能ないってこの二週間でよくわかった。すごくない、これは考えなしのばかげた行動だった」

駆が鼻で笑い、また自分自身を否定する。

その姿は、笑って、傷つく前に諦めようとするいつもの私だった。

彼は私と決定的に違う、だけどそういったところはよく似ている。

そんな駆を見ていられなくて――

「一緒にコンテスト応募しようよ」

自分でも驚くほど力強い声が響いた。

「え？」

聞き返す駆の瞳が、意味を確かめるように私を見ている。

「こないだ応募要項見直したんだけど、共作でもいいんだって。今までは駆を応援する、協力するだけの立場だったけど、一緒に作ってみようよ」

「共作っていっても俺に文才ないのわかっただろ。ただ雫が書くだけになるよ。俺と一緒にやる意味なんてない」

「……違う。秋の花の話は私には絶対書けなかった。駆が連れ出してくれなかったら無理だった！」

私の声は必死だった。子どもみたいにムキになっている声。

駆の目が大きく見開く。

これは駆の中の一番柔らかい、触れられたくない場所。

そこにずかずか踏み入ってしまっている。

こんなことしてはいけない。

『勇気を出したこと、挑戦しただけですごい。傷つくのは嫌だよね、わかる。疲れたね、お疲れ様』

そんな綺麗事を並べて笑顔で終わればいいだけ。

私たちはたった二週間、仲間になっただけなのだから。

そう思うのに、私は止められなかった。

「私、秋の花を書いたときに初めて偽りのない自分の感情を書けた。さっき見せた150文字も、駆がいたから書けた！　だから一緒にやる意味はあるよ」

駆は茫然と私を見続けていた。私だって自分の言葉に驚いている。

「一緒にやってみようよ」

自分の言葉で誰かの行動を決めようとしている。こんなのありえない、横暴で私のエゴ。

だけど……家の中で自分の頭の中に閉じこもっていた私に秋の花を教えてくれた。ろくに話したこともないクラスメイトに、ばかげたことだとわかっているのに依頼をしてくれた。

彼の心を大きく占めるお兄さんとの過去を打ち明けてくれた。

彼が私と似ているなら、その行動はどれも大きな意味を持つこと。

だから、私のエゴでも諦めてほしくない。空席に座ろうともがくのなら、私にも手伝わせてほしい。

「……わかった」

駆はそう呟くと表情を和らげて……くつくつと笑い始めた。

まさか笑いだすと思っておらず、困惑する。

「なんでそんなに必死になってくれるの、雫」

駆は朗らかに笑うと、私のほうへ一歩進む。人一人ぶんの距離まで近づくと、私の左手を軽くつついた。

そこで初めて自分の固く握りしめた拳に気づく。強い主張をしてしまったことに今さらながら心臓が音を立てる。

緊張していた肩の力を抜いて笑顔を作ってみるが、顔はカチコチになってしまっていてうまく笑えなかった。

「ご、ごめん。図々しかった……駆の気持ち全部はわかんないけど……私も優秀な弟がいるからちょっとだけわかる……から暴走しちゃった」

誰かの気持ちに踏み入ってしまった。

駆がどう思っているのかわからなくて怖い。

「そっか。さっきｃｌｅａｒさんの下書きにあった作品に、これ俺の気持ちか？　ってのがあったんだけど……あれ雫の弟への感情か」

恐る恐る顔を上げると、駆はすっきりとした表情で笑《え》んでいた。

「どれ読んだかわからないけど、そうかも」

「わかった。応募しよう、コンテスト」

駆は私に向き合ってはっきりと宣言した。私がうなずくと白い歯を見せて笑う。

「それで相談がある」

駆はお兄さんのものである革の手帳を開いて私に見せてくれる。

作戦会議初日に見せてくれた【◎青春恋愛　テーマ↓季節】と書かれているページだ。その次のページにｋｅｙが投稿した三作がメモされている。

「多分これ次の作品のネタだったんだと思う」

「それで……」

「俺Ｌｅｔｔｅｒのコンテスト告知を見たときは正直『親のために啓祐と同じ小説家になろう』っていう単純な気持ちだった。でもそのあとすぐに啓祐の話を出したいって思った、この世に。だからｋｅｙとして投稿もした」

手帳に走り書きされた小さなお話を改めて読む。角ばっていて細い字を指でなぞった。

ここにはたしかに駆のお兄さんの文字が残っている。

「だから……雫が協力してくれるなら、啓祐が残したこのテーマで書きたい」

凛とした駆の声は前を向いていた。

駆がどういう気持ちでこのテーマを書きたいと思ったのか。それを改めて知り、胸が締めつけられる。

「それならこの三つの作品を、一万文字の中に、七十回投稿する中に、入れようよ。これはＬｅｔｔｅｒだからこそできることだと思うの。私たちは一万文字の短編小説を作るんじゃない。150文字の想いをたくさん重ねるの」

私の口から熱っぽい声が踊り出た。

どうしてこんなに突き動かされてるのかわからない。こんなに熱く語るのは初めてかもしれない。

溢れた言葉たちを駆はじっと受け止め、熱のこもった瞳を返してくれる。

「……うん。俺もそうしたい」

それから私と同じようにお兄さんの文字を指でなぞる。優しく、宝物を撫でるように。

「小説の季節を秋に設定したのは、この三作を超えられる気がしなかったから。この作品に影響されてなぞってしまいそうだったから」

「うん、わかる……。でも私たちは、駆は、お兄さんの代わりの作品を作るわけじゃないもんね」

「雫、ごめん！　秋の話を作るって言ったけどやっぱり四季の話にしたい。啓祐の三つの150文字をいれた四季の話を作りたくなった」

「もちろんだよ。駆はお兄さんのこと、大切なんだね」

「まあ、そう」

照れたように駆は頬をかいた。秋の空を見上げるその瞳は切なくて、私は目の奥にぐっと力を入れた。

「代わりじゃないし、超える必要もない。三人の作品を作ろう」

「ありがとう、雫」

先ほどまで肌寒かった秋の風がぬるく感じる。

私たちの物語はまたここから始まっていく。

第二章　緑から赤へ

友情なんて、恋愛の前ではあっという間に崩れる。よく聞く言葉。

目の前で手を合わせて謝る香菜に、笑顔を作って定番の台詞を繰り返す。

「大丈夫だよー」

「ごめんね本当。この埋め合わせはいつか！」

「本当に大丈夫～！」

お昼休みに気まずそうに香菜が切り出したのは、私と観にいく予定だった映画を彼氏と行きたい、という内容。その謝罪だった。

観にいく予定だったのは、香菜の好きな若手俳優が主演を務める青春恋愛映画。キャストが発表されたときから私たちは三人で約束をしていた。

映画の前売りチケットには何種類かのフォトカードが特典としてついていて、香菜に協力するために前売りチケットを早々に買っていたのだった。

恋人になりたての二人は、昨夜このロマンチックな映画の話で盛り上がったらしく、どうしても一緒に観たいと思ったらしい。

友梨カップルとダブルデートとして。

「でも雫も観たがってたよね？」

友梨が困り顔で、私たちを見比べる。

友梨はダブルデートでも、私たち三人で観にいくでもどちらでもいいというスタンスだ。

……ここで友梨が香菜のことをたしなめてくれてもいいのに。ちらりと浮かんだ考えを押しこめる。

「大丈夫っ！　この映画、お母さんも観にいきたいって言ってたから母娘デートでもしようかな。親孝行っ！」

語尾が軽やかになるように細心の注意を払うと、香菜はようやく安心したように笑顔を見せた。

「ならよかったあ」

「雫ってお母さんと仲いいよね。よく一緒に買い物とか行ってない？」

「友達親子いいなー」

「弟のついでだったりするけどね」

壮太の遠征時、お母さんは私を連れていくこともある。現地で数時間暇を持て余すときは特に。

お母さんと出かけるのは嫌ではない。出かけているときのお母さんはたいてい機嫌がよく、空気が重くなることもない。

「雫の弟って有名なチームのエースなんでしょ？　すごー」

「うちのだらけた弟と交換してほしいわ」

「あはは、交換しちゃう？　――そうだ！　入場者特典は香菜にあげるからね。入場者特典フィルムだったよね？」

少し強引に話を戻しすぎたかな、と香菜の表情を窺う。

「うっそー助かる！　ありがとー！　そうそう、フィルムも五十種類あるらしい。ファン商法やめてほしいよね」

香菜には効果抜群だったらしく、うまく映画の話に戻ってくれた。

ほっとすると同時に、映画を断られたショックがじわりじわりと私を削る。

別にお金を損したわけでもない。映画は観にいけるんだから。でも私が一ミリ削れてしまった。

＊　＊　＊

絶対にキャンセルされない人、優先されるものって世の中にはあると思う。

香菜はできたばかりの彼氏の約束は断らないし、友梨は大好きなアイドルのライブは嵐でも行くと言っていた。

お父さんは熱があっても解熱剤を飲んで無理やり会社に行く。それが褒められた行為でなくとも。

お母さんは壮太の野球が絡むことならなんでもする。そもそもお母さんが専業主婦でいるのは壮太のためだ。

そして私は、誰にとってもキャンセルしてもいい存在。

「ごめん雫。日曜日、無理になっちゃった。別の日にできる？」

夕食の席でお母さんが私に話しかけてくる。

「えっ、もう席取っちゃった、席まで予約したらそこからはキャンセルできないんだよね」

近くの映画館は数日前から席の予約を受け付けている。公開されたばかりの人気作だからと日曜日に予約したけれど、一度予約してしまえばそのあと日にち変更ができないシステムなのが痛かった。

「えーっ、風邪とか引くかもしれないのに？」

「う、うん。ごめん……」

「それならお母さんのぶんのチケットもあげるから友達と行ってきたら？」

「……そうだね。チケットありがとう」

なぜか私が謝って、お礼を言った。

お母さんは不満げな表情を浮かべて豚バラをつまむ。

「お母さんだって本当は行きたかったのよー？　まーた丸山さん仕事が入ったんだって。だから送迎をお母さんが担当することになったの。日曜日は隣の市で練習試合だから誰かが車を出さなきゃいけないでしょ」

心の奥の奥にある芯がさぁっと冷える。

わかっていた。

お母さんが映画に行けなくなったということは、つまり壮太の予定が入ったということ。

「丸山さんって平日も帰りが遅いから、良くんは一人で電車で帰ってるときもあるらしいの。練習で疲れてるあとにかわいそうだわ。送ってあげたいくらい」

丸山さんは最近よくお母さんの話に登場する人だ。

壮太の所属しているチームはその親が担当する役割も多い。

息子を支えるために生活を犠牲にしてでも皆が頑張っている中で、丸山さんは非協力的に映るのだろう。

大きく音を立てて壮太が立ち上がった。まだ皿の上には料理が残されている。

「どうしたの？　体調でも悪い？」

「別に」

壮太は腰を浮かせたお母さんに一瞥もくれず、そっけない言葉を吐いて二階にあがっていった。

機嫌が悪くなったとき、壮太の行動はお父さんによく似ている。今日もまだ帰ってきていないお父さんを思い浮かべた。

「こんなに残して、もう……」

壮太の姿が完全に見えなくなると、お母さんは食卓に座り直す。

「明日のお弁当に詰めるのは？　口つけてないのもあるよ」

「そうしよ。雫、こんなかで食べたいものある？　いれてあげる」

「やったあ、それならカボチャサラダもらっちゃおっかなあ」

私ははしゃいだ声を出して、食卓からなんとか気まずい空気を押し出してみる。

それにしても映画、どうしようか。

お母さんはいまだに二階を見上げていて、映画のことなど忘れてしまっているに違いなかった。

私はキャンセルされる存在。断られるたびに、その人にとっての優先順位が低いことを思い知らされる。

食事を終えても続くお母さんの愚痴から抜け出して部屋に戻る。

すぐにでもＬｅｔｔｅｒを開きたい気分だったが、まずは映画館の公式サイトを見ることにした。

もしかしたら予約の変更をする方法があるかもしれない。

スマホを見ると、メッセージが届いている。開いてみると送信者は駆だった。

『今週の土日空いてる？　小説の題材見つけにいこ』

渡りに船とはこういうことを言うのだろう。私はすぐに返信をした。

『この映画興味ない？　http://』

『ある』

『なんとこの映画のチケットが二枚あります。日曜日の十時限定ですがどうですか』

『行く』

先ほどまで頭を悩ませていた問題が一瞬で片付いてしまった。

――駆を誘う。その選択肢は頭にあった。

しかし〝小説の題材を探しにいく〟ために出かける公園と違って、映画に誘うのは……デートに思えた。

私たちは青春〝恋愛〟小説の題材を探しに行くのだから、映画デートだとしても題材集めの一つとは言える。

それなのにどこか落ち着かない気持ちになるから、気分をさっぱりさせようと私はお風呂に入ることに決めた。

階段を下りている途中で、リビングからお父さんと壮太の声が聞こえる。

……お父さん帰ってきてたんだ。

二人が会話している場面は珍しい。

階段からそっとリビングを覗くと、ダイニングテーブルに座った二人が話をしているのが見える。

久しぶりにお父さんがしゃべっているところを見た。あまり家におらず、お母さんと顔を合わせたら書斎に引っこんでしまう。

本来は穏やかな人で、壮太もお父さんとなら素直に話すときがある。特に野球の話となると反抗期とは思えないほど。

今夜も野球関係の話をしているらしい。

「A高校もいいんじゃないのか？　公立だけど昨年いいとこまで行ってたろ」

「偏差値高いから」

「推薦もあるだろ？」

「B学園でいいよ。推薦確実だし設備もいいから」

「設備はＢが断トツでいいよなあ」

「考えるのも面倒だから、Ｂ学園で」

……立ち聞きしてしまった私が悪い。壮太のことを考えた私が悪い。

だけどふつふつとしたものが胸にわきあがる。

一年前、進路を最終決定する時期。

私は両親にＢ学園に行きたいと相談した。

私は中学時代、吹奏楽部に所属していた。Ｂ学園の吹奏楽部は全国的に有名で、部活を引退したばかりの私にとって憧れの学校だった。

『入れたとしても。コンクールメンバーに選抜されるかわからないわよ』

開口一番、お母さんはそう言った。

『たしかに雫は部長をしてたし、今の部の中ではうまいほうかもしれないけど。それは雫の中学の話よね。すごい高校になんて行っても埋もれるだけじゃない？』

厳しい意見に二の句が継げなくなる。

私の中学は特別に吹奏楽が強いわけでもなく、成績を残したこともない。

お母さんの言いたいことは正論で、Ｂ学園に入ったところで三年間選抜されないかもしれない。

『……埋もれても大丈夫だよ』

『壮太みたいにプロでやっていくような覚悟があるならわかるけど』

『そ、そうだよね。ちょっと挑戦したくなってみて』

『それくらいの覚悟なら難しいわよ、本気の子たちとは合わないだろうし。……それにうちは二人とも私立に行かせてあげられる余裕はないから』

建前の間から、本音が見えた。ああこれはもう何を言っても絶対に無理なのだと悟る。

二人とも、の余裕はない。だけど一人なら。

その一人に私が選ばれなかっただけ。

どこの中学にもあるなんの成績も収めてない吹奏楽部で、まとめ役が得意で真面目だからという理由で部長に選ばれただけの私。

地域の有名チームに所属して、中学一年生ながらエースとして活躍し、いくつかの高校から直々に誘いを受けている壮太。

それは誰だってわかる簡単な問題。客観的には理解できる。

だけど選ばれなかった私の気持ちはいまだに成仏できないまま、こうして小さなきっかけで煮え立ってしまう。

……あのとき、本音なんて言わなければよかった。

挑戦してみたい。

だけど、笑われるかもしれない。打ち明けるまで数ヶ月悩みに悩んだ。

それでも目指したい気持ちが勝った。

そうして意を決して発した言葉たちが、ため息で潰された。

結局、本音を打ち明けてみても何も変わらない。

変わらないどころか、傷つくだけ。

階段の途中で一人立ちすくむ。二人と顔を合わせる気が起こらず、Ｕターンすることにした。

Ｌｅｔｔｅｒを眺めよう。今日は明るいオレンジの投稿でも眺めて。

＊　＊　＊

【これはデートなんかじゃない
共通目的達成のための一つの手段
だけど一番お気に入りのワンピースを着てしまった
秋らしい色合いの花柄だから、なんとなく君を思い出してしまっただけだよ
丁寧に髪を伸ばした三十分にも気づかないふりをして
誰にも聞かれてないのに、言い訳を繰り返す】

待ち合わせ場所に向かう電車の中で打ちこんだ文章を眺める。

これは私の感情じゃない。今回の〝映画に行く〟をもとに作っただけ。

投稿はできないまま、下書きボタンを押す。

「お待たせ」

駆に声をかけられ、慌ててスマホをカバンにしまう。

ポップコーンとドリンク二つを載せたトレイを持った駆が現れた。ショッピングセンターの中にある大型シネマは混雑しているけど、背の高い駆は埋もれることがなく目立つ。

「ありがとう」

チケットの代わりに飲み物くらい奢《おご》らせてよ、という駆の言葉に甘えてオレンジジュースを買ってもらった。トレイに私のジュースが載っていて、それを駆が持ってくれている。

ただそれだけのことなのに、今から二人で映画を観るということを強く意識してしまう。

「もう入場していいみたい。行こ」

電光掲示板を指さす駆に続いてシネマの入口に向かう。そして、アルバイトの若いお兄さんから半券の返却と同時に入場者特典のフィルムをもらった。

「あっ、ハヤテくん！」

特典フィルムには桜の木の下で微笑む、香菜の好きな俳優――ハヤテくんが写っていた。これは〝アタリ〟の特典。

香菜が喜ぶだろうから明日渡そう。そう思っていると、駆が私の手元を覗きこむ。

「その俳優好きなの？　俺のもいる？」

駆がひらひらと特典を見せてくれる。ハヤテとヒロインが向かい合っているシーンの物だ。これもアタリ。

「いいの？　ていっても私が集めてるわけじゃなくて……これ香菜にあげてもいいかな？　ハヤテくんの大ファンだから前売り特典も集めてるんだよ」

「へえ」

駆はフィルムをしげしげと見たあとに、手渡してくれた。私はフィルムを折り曲げないために用意していたミニファイルに丁寧に挟む。

「今日ってもともと岡林と来る予定だった？」

「そう。よくわかったねー、でも彼氏と行くことになったみたいで。付き合いたてだからねっ！　ラブラブでうらやましいよ」

愚痴っぽくは聞こえないように明るく、そう思うと自然と早口になる。私が優先されなかったことを知られるのが少し恥ずかしかった。

「それで俺が召喚されたわけだ？　ラッキー、誘ってくれてサンキュ。あっ、シアター3ここだな」

駆は『シアター3』と表記された看板を見上げて楽しそうに入っていく。

ここ数日喉に引っかかっていた小骨がぽろりと落ちる。

そっか。これはラッキーなことだったのか。お母さんと観るより駆と観るほうが楽しい。

そうだよ、これはラッキーなことだったんだ。

ミニファイルに目を向ける。

先ほどまでまったく魅力を感じていなかった特典。だけど手元に置いておきたくなった、かもしれない。

それはいわゆる定番のデートだった。

映画を観て、そのままショッピングモールのレストランでランチをして、映画の感想を語り合う。

まるで恋愛漫画やドラマみたいで、主要人物の位置に自分がいることに現実味がない。

私はずっとクラスメイトBのままだと思っていた。

「最後泣くのかなり我慢したわ」

「ふふ、泣いちゃってもよかったのに」

「そういう雫だって泣いてなかっただろ。俺だけ泣くのもなー」

「私は涙腺が硬いから絶対勝てないよ」

「勝ち負けの話か？」

いつもは誰かと話すとき、私は迷路を進んでいる気分になる。通ったらダメな道、ハズレの道に進まないようにゆっくり慎重に進む。

だけど駆との会話はなぜだか最初から一本道みたい。

「主人公とヒロインが映画に行く。せっかくだし今日のことも150文字にしたいよな。季節にまつわる150文字を多めにはしたいけど、日常があるからこその四季だと思うし」

駆がパスタをくるくる巻き、口に運ぶ。

駆がお兄さんのことを話してくれたあの日から、私たちが目指す小説は着々とイメージが固まってきている。

「いいね。しかも季節に限定するとネタ切れになっちゃうかも」

「だろ」

「私一つ思ったんだけど。お兄さんの三作のうち〝夏の話〟は告白を決意する話だったでしょ？」

駆が革の手帳を開き、〝夏の話〟を二人でもう一度確認する。

「あとの二つ、春と冬は片思いぽい話だったから、この〝夏の話〟を最後に持ってくるのがいいかなと思って」

「俺もそれ思ってたんだよ！　終わり方をどうするかは決めてないけど、啓祐の案になかった秋から始めて夏に終わる。そんな一年を通した話にしたい」

駆は身を乗り出して、私の提案に賛成してくれる。

私はカバンからノートを取り出した。今回の小説を作るために買ってみたものだ。それに【秋から夏にかけての一年の話】と記入した。私の様子を駆が見守っていることを感じて、心臓が跳ねる。

「夏に向けて片思いの話にするってのは？」

「うんうん！　〝夏の話〟は、二人がお茶してるシーンだから、二人の関係は友人以上恋人未満かなと思った」

「一方的に知ってる片思いじゃなくて、二人でお茶するくらいには仲がいいけど恋人までには発展してない、感じか」

「そうだね！　片思いだと切ない話になりそう！」

「ｃｌｅａｒさんの得意分野だ？」

「あはは。でもたしかに。私は幸せいっぱいの両思いより切ない恋してるほうが得意かも」

駆との会話を進めながら、『片思い』『友人以上恋人未満』『切なさ』そんなキーワードを記入していく。

数日前には手詰まりだった小説の内容がするすると決まっていく。私の言葉も一度も迷子になることなく、身体から滑り出た。

そして、私たちの役割分担も決めた。駆が物語の大枠を作っていき、私が細かい表現を担当する。

私――ｃｌｅａｒは詩的な表現が得意だけど、小説は書いたことがない。

小説を書いたことがないのは駆も同じだけど、この小説の道は駆がハンドルを握るべきだろう。

「秋始まりで夏終わりって珍しいかもね。春始まりとか春終わりはイメージつくけど」

「ま、いいじゃん。俺らの関係だって秋から始まったわけだし」

駆は笑いながらストローを噛んだ。

その意味を深く捉えてしまいそうで私もストローを噛み締めた。

＊＊＊

翌日、登校して一番に香菜のもとに向かう。

「本当にくれるのー⁉　ありがとーっ、二枚も⁉　お母さんの分もくれるの⁉」

特典フィルムを出すと、想像通り大喜びしてくれた。感情を爆発させてその場で飛び跳ねる香菜は、誰が見たってかわいい。

「香菜の好きなハヤテくん写ってるやつ！」

「きゃーっ！　最高！　ありがとう雫！」

香菜はうれしそうな顔でフィルムを受け取ると、二枚をじっと確認する。

「あ、こっちはダブりだから返すわ」

そっけなく一枚が私に戻された。

「ダブり……？」

「私たちも昨日観に行って、これは彼氏が引いたやつと同じなの。あー五十種類もあるのにダブっちゃったかあー」

「そっかあ、残念」

笑顔を浮かべる私の手に戻ってきたのは、桜の下にいるハヤテくんが微笑んでいるもの。……私が引いた特典だ。

「てか聞いて！　みんなハヤテくん引くのに私だけが引けなかったんだよー？　友梨と友梨の彼氏が引いてくれたやつもハヤテくんだったのに！　物欲センサーってやつ？」

「あはは、そういうのあるよね」

「ハヤテくんが写ってるのはあと十種類くらいあるみたい。これコンプする人いるのかなー？」

「結構大変だよね、集めるの」

「フリマアプリとか使ってんのかも」

——私なら。私ならダブったことは言わずに笑顔で受け取る。

人間、知らなくてもいいことってある、と思う。

だけど素直に言うことも別に間違っては……ない。もらったものをこっそりフリマアプリに出品する人よりはよっぽど誠実なのだから。

「おはよー」

友梨が登校してきた。私たちのもとまでやってきて、香菜の手元を覗きこむ。

「特典のやつー？」

「そうそう、雫もくれたんだ」

「よかったね。香菜、私の彼氏にもお願いしてて笑ったわ。どんだけ必死なのって」

「友梨だって自分の推しなら必死でしょ。昨日行ったレストランが推しとコラボしてたからって、フードファイターかってくらい頼んだでしょ」

二人はそのまま昨日のダブルデートの話で盛り上がり、私は目を細めてうなずき役に徹する。

——私なら。その場にいなかった人がいるなら、その話はやめておくのに。三人の共通の話題になりそうな映画の中身について話す。

もっと鈍感になれたらいいのに。細かいことを気にしないでいられたらいいのに。

私の物差しってすごく目盛りが細かいか、十センチもない短いものなのかもしれない。

【喉まで登った言葉を飲みこむのは、誰かを傷つけないため
私なら、言わないのに 私なら、こうするのに
だけどそれはぜんぶ私の物差しで私の正しさは正解ではない
標準時間があるように、世界基準があるように、法律のように
心の物差しも統一されていたらいいのに】

＊＊＊

三回目の水曜日が訪れた。

「それでは三回目の作戦会議を始めます」

駆はわざとらしくコホンと咳払いをして宣言した。

西日に照らされた駆の髪の毛が透けている。この光景も見慣れたものになった。

「俺たちはのんびり会議を続けてる場合ではありません」

「同感です」

「というわけで。今日で決め切って、明日からはどんどん内容を書いていきましょう」

「了解しました」

私たちに残された時間は二ヶ月。設定とか、どういう方向性にするのかとか、そんなことを話し合っている段階ではない。なんせ私たちは七十回投稿しないといけないのだから。そのためにはたくさんの150文字を作る必要がある。

「それでは今回の俺の宿題を発表します」

先週とは打って変わって、お母さんに褒められ待ちの子どものような表情になる駆。

今回はかなりの自信があるのだろう。

「まず一つ目。一応短編小説になるわけだし主人公たちの名前を決めておこうと思って」

「いいね！」

「というわけで名づけをしました。主人公の男はオト。ヒロインの名前はキイ。啓祐のペンネームから取ってみたけど、安直すぎ？」

「ううん、呼びやすくて良いと思う。オトとキイ、カタカナね」

ネイビーの革の手帳の新しいページに【主人公：オト　ヒロイン：キイ】と駆の字が追加されている。お兄さんより、太くて丸い字だ。お兄さんと三人の作品にしようという駆の気持ちが伝わってきて、すぐにその名前が気に入った。

「二つ目にこの短編小説のあらすじを決めました！　オトの恋を四季とともに追う話。秋は恋愛感情を自覚する。冬と春は切ない片思いが続いて、夏にオトがキイに告白して友達以上恋人未満の関係が終わる」

「うんうん。いいね」

「三つ目に構成。小説における地の文みたいな150文字と、Ｌｅｔｔｅｒらしい150文字で完結する文章を合わせていこうと思う。それでこれは俺が考えた150文字」

駆は印刷した用紙を私の前に置いた。

【僕たちは友達の試合を応援するために秋の公園を訪れた
まだ色づいていない木々を抜けてグラウンドまで歩いていく
いつもの五人で普段通りの会話を続けるけど、
制服姿ではないキイがやけに目につく
僕はキイから目をそらして、緑のままの木立を眺めながら歩いた】

「すごい！　状況もわかるし、150文字でも完結してるし素敵だよ……！」

「方向性はっきりしたら、ちょっとだけ書けた」

照れたように頬をかいて駆は笑う。

「で、これが〝Ｌｅｔｔｅｒらしい150文字〟」

駆が紙をめくると、次の文字があらわれた。

【「キンモクセイの香りがすると秋が来たって思うんだよね」
君がそんなことを言ったから、
風が頬を撫でるたびに君のことを思い出す
「オレンジが好きなんだ、気持ちが明るくなるから」
目に入る橙《だいだい》が発光するように主張し始めて

秋はどこにいても、君がここにいるみたい】

これは私が作った150文字だ。

駆と一緒に公園に行ったあとに考えた話。

「この二つみたいに地の文とLetterらしい150文字を繰り返すことで一つの短編小説にしていく」

一つの短編小説をただ単に150文字で区切るのではLetterに投稿する意味がないし、ポエム調だけでは短編小説として抽象的すぎる。二つを組み合わせながら、Letterならではの小説にしていく。

「すごくいいと思う！」

「よかった。地の文を俺が担当、雫は心理描写を担当してほしい。内容はいつもclearさんが投稿している感じで」

「わかった！」

「〝Letterの150文字〟の割合が多くなると思うから俺も書く。でも文章能力とか語彙力はあんまりないから、一度ブラッシュアップしてもらえると助かる」

「了解。私はアイデア出しが一番困るからちょうどいいかも」

さくさくと話が進む。適材適所、役割分担で異論はまったくない。

「共作だとしてもコンテストへの応募は代表がしないといけないから、こないだ決めた通りｋｅｙのアカウントで投稿していく。二人でいくつか考えて採用したものだけを投稿しよう」

「おっけー」

「投稿順番は任せてもらっていい？」

「もちろん！　そこは主導権握ってもらったほうがスムーズにいきそう」

今後の方針も固まって二人で一息つく。おもしろいくらいに決まっていくから、これだけで少し満足してしまうくらい。

そういえば駆は成績も上位だった。詩的な表現は苦手だとしても仕事はできる。

「よし！　次は中身に入っていこ！」

張り切った駆の言葉が図書室に響き、私たちは目を合わせて肩をすくめた。お互いにシーッと人差し指を自然と立てて、声を出さずに含み笑いをする。

「……まずは一つ目の秋について。二人の恋の始まり、だけど。オトとキイはクラスメイトなわけで、出会って半年くらい経っちゃってる。〝出会い〟からスタートはできないよな」

「春なら同じクラスになって一目惚れとかもできたけどね。秋に〝出会い〟を入れるなら、転校生とか？」

「それか何かのきっかけで特別な関係になるとか」

「あー」

「俺らみたいに、か」

駆は何の気なしに言ったのだろうけど、まるで自分たちの関係が特別と言われているみたいでどぎまぎする。

ただのクラスメイトからＬｅｔｔｅｒをきっかけに、こうして毎週顔を突き合わせて作戦会議をする関係にはなっている。

春の時点ではまったく想像しなかった関係。

駆はなんの意図もなくありのままを言っているだけ。……モテ男はこういうことを言っちゃうからモテ男なのだ。

「特別なきっかけを考えるのって大変だな」

駆は真剣に小説のことを考えているから、私も気持ちを切り替える。

「ね。私たちは一万文字の短編だし、何か設定を練るよりもっと単純に『仲のいい友達がふとした瞬間に特別に思えた』くらいがいいかもしれない。さっき駆が考えてくれた地の文もグループで仲いい一人って感じだったね」

「そうしよう。秋に始まったわけじゃなく、恋に気づいたってわけだな。よし、いろいろ考えてても仕方ないし！　まずは秋を攻略！　ただの友達が、クラスメイトが、特別に変わる瞬間。これを秋から冬まで書く」

私と駆はそれぞれ自分のノートや手帳に【秋：ただの友達・クラスメイトが特別に変わる瞬間】と記入した。

やるべきことが固まったら、あとは150文字を作っていくだけ。

今回の宿題は、友達から特別になるまでの150文字を、思いつくだけ作ってくることに決まった。

締め切りまで二ヶ月。

七十回投稿する。

季節で分けると、半月で十七回程。

そう考えれば間に合いそうだ。カレンダーアプリを二人で確認して安堵する。

「次の水曜日までにお話考えるの頑張ります！」

「ｃｌｅａｒさんの150文字、普通に楽しみ。でも俺はインプットがないと難しい。――というわけで今週末も出かけませんか？」

「出かけるって、二人で？」

「そう。公園とか映画みたいに」

駆は当然のように言った。駆にとってはなんてことないことかもしれない。

毎週水曜日、図書室で作戦会議をして、週末には二人で出かける。

それは私には特別な関係に思えてしまって、うなずくまでに数秒かかった。

＊＊＊

駆と秋を探しに行く土曜日。

玄関で壮太と目が合った。ジャージ姿に大きなスポーツバッグを抱えて、今から練習に向かうのだとわかる。

壮太と目が合うたびに、身体のどこかに蜘蛛の糸が張るようになったのはいつからだろうか。

壮太は私から目をそらすと、不機嫌そうな顔のまま外に出ていった。

代わりにリビングからお母さんが玄関まで出てきた。大きなカバンを担いでいる。

「あれ、雫も出かけるの？　ちゃんと鍵閉めていってね」

「はーい。いってらっしゃい」

お母さんは私の返事を待たずに、壮太を追いかけて家を出ていった。

二人が揃った姿を見ると、蜘蛛の糸はますます広がっていく。……はずなのに、私の靴ひもを結ぶ手は軽やかだ。

「いってきます」

誰もいなくなった家に向かって挨拶をした。

今日、私たちが選んだ場所は、県内で有名な紅葉《こうよう》スポット。

私たちが住む街から電車で三十分。そこからバスで三十分かかる自然豊かな渓谷公園。

夏も新緑が美しく川遊びやバーベキューでそれなりに賑わうけれど、秋は日本各地から人が集まるほど有名な場所。

人気の理由は圧巻のもみじ。

五千本ほどあるもみじが一斉に赤く染まる光景は絵画よりも美しいと評判だ。十一月上旬から〝もみじまつり〟も開催され、屋台の出店や小さなステージもあり観光客を楽しませてくれる。

先日の公園でほとんど紅葉を味わえなかった私たちは、せっかくだからと名所に足を運ぶことにしたのだ。

「ここ来たの久しぶりだなあ」

「私も。小学校低学年ぶりかな」

「俺もそんなもんかも」

バスから降りると駆は背伸びをした。一時間乗り物に揺られていたから、秋の風が心地よく、私も体を伸ばす。

ほとんどの人がこのバス停で降りたから同じ公園に向かうのだろう。私たちは人の波に乗って公園の入り口まで流されていった。

公園の入り口には屋台がいくつか見えて、足は自然と早くなり、前を行く人たちの声のトーンも高く聞こえる。お祭りの雰囲気で浮かれない人などいないだろう。

「もみじ饅頭《まんじゅう》揚げたやつ、うまそ」

「わ、ほんとだ。美味しそう」

「奥にも店あるらしいからここでは我慢する。俺、中でみたらし団子食べたいから」

どこでも見かけるような屋台もあるが、少し変わった店も多い。

もみじ饅頭《まんじゅう》は揚げたものもあれば、チョコレートでコーティングされたかわいい見た目のものもある。

このもみじまつりは景色の美しさだけでなく、食べ歩きの魅力も有名だった。

「食べまくることになりそうだから先に歩くか」

「お腹減らさないとね！」

道なりに進むとSNSでもよく見かける赤い橋が現れた。幅五十メートル程の川に架かる橋はこの公園のシンボルと言える。

この橋から川沿いに並ぶ紅葉を眺めることができ、川の流れに寄り添う赤・黄色・緑と鮮やかな木々を見渡せる。

「わあ……」

「すごいな」

「しかもすごく空気がきれいな感じする」

空気が木々にろ過されて美味しい。どれだけ歩いても気持ちよさそうだ。

「わかる」

詩的な光景の前では語彙力はなくなるのだと知る。私たちはしばらく「すごい」「きれい」「わかる」しか言わなかった。

「夜のライトアップもすごいらしいな」

「ね、それもいつか見てみたい」

この光景を切り取るようにスマホで写真を撮って、先に進むことにした。川沿いを歩くと、もみじだけでなく他の木々もあることに気づく。

「これは銀杏か」

「臭いでわかるね」

「普段銀杏ってクサいだけって思ってたけど、こうやって見るときれいで、臭いも気にならなくなるな」

「いつもはどこから臭ってくるかわからないもんね」

画像ではわからなかったことは、臭いだけじゃない。

絨毯《じゅうたん》のような落ち葉はキシキシ、ザクザク、さまざまな音がする。

それに色も単純な赤だけではない。真っ赤なもみじもあれば、枯れかけているものもあるし、まだほとんど緑のものもある。それら一つずつを瞳の中に取りこみながら私たちは進んだ。

川沿いから奥に進むと、開けた場所に出る。

憩いの場で飲食ができるようになっていて、通年出店している名物店から、もみじまつりの期間だけの出店もあり、テーブルとイスも数多く、観光客で賑わっていた。

私たちは後ろ髪をひかれながら、もみじのトンネルが続く山道に進む。

「ここ進むと小さな寺があるらしい。拝んでいくか」

「せっかくだしね」

日差しが木々に遮られているから、歩き続けていてもずっと涼しい。

十分ほど山道を歩くと急な階段が現れた。目的の寺はこの上にある。

息を切らしながら長い階段をのぼると、頂上に山門がそびえたっていた。和風の家のような門をくぐり、駆は登ってきた道を振り返る。

「見て、雫」

息を整えていた私は、駆の目線につられて後ろを振り向いた。

「すごい……」

門の向こうに赤と黄色が鮮やかに広がり、視界全体に美しさが敷き詰められている。

「上から眺めるの最高」

「ほんとにね」

木々より高い場所から葉を見下ろす。

それは私の頭の中では決して生まれなかった光景。私にとって葉は見上げるものだった。

日に照らされた木々が赤と黄色にきらきらと輝いている。

宝石箱のような光景に私たちの言葉は途切れた。

「本当になんにも言葉にならないね」

私が漏らすと、駆もそれ以上は言葉にせずに大きくうなずいた。

ぱちぱちと目を瞬かせて、シャッターを切るように景色を写していく。これは写真に撮っても無意味な気がして。

写真には残せないこの気持ちを残したい。

ごまかしも偽りもなく、私の中に生まれたこの純粋な感動を。

いつでもこの場所に戻れるように。

私たちはたっぷり一時間半ほど歩いてから憩いの場に戻ってきた。

机の上にはみたらし団子、中華粥《ちゅうかがゆ》、甘栗、鮎《あゆ》の塩焼き、おやき。欲しいものを何も考えずに好きなだけ買っていたらまるで統一感のないラインナップになった。

だけど好きなものをいくらでも選べるのが屋台のよさ。私はそれらをスマホのカメラで撮る。

「SNSにアップする用？」

私の撮った写真を駆が覗きこむ。

「ううん、Letter以外はほとんど見る専かも」

Letter以外のSNSはあまり得意ではない。

顔が見えないと、相手がどう思っているのか読みにくいし、自分の発信したことがどのように解釈されるかわからないのも怖かった。

簡単なコメントのやりとりに、何分も悩んでしまうから家でも落ち着かない気持ちになってしまう。

今日撮った写真も、どこに誰と行ったの？　と聞かれたら、うまく答えられる自信はない。

「Letterは楽だよな、わかるわ。てか冷めるから早く食べよう」

「うん、食べよ」

駆が深く突っこまないでいてくれることにほっとする。駆の気遣いを受け止めながら、たれをたっぷりまとった団子を手に取る。

「うーん」

念願のみたらし団子を食べながら駆がうなる。

「思ってた味と違った？」

「ううん、めっちゃうまい。甘すぎないのも最高」

私も団子を口に放りこんだ。団子というより餅に近い食感と味がして、かなり美味しい。

「おいしすぎて、唸ってたわけね」

「いや、実は今みたらし団子のことは考えてなかった。今日見た景色で一句詠んでみようかと思ったけど、なかなか思いつかなくての、うーん」

「あはは、そういうことね。でも私もぱっとは出てこない。じっくり考えないとダメなタイプ」

「でも俺今日一つだけでも、ここで150文字書いてみたいんだよな。それくらいなんていうか、心が動かされてる感じ」

周りを楽しそうに見渡す駆の瞳はいつも以上にきらきらと輝いて見える。

「それは……わかる」

実際に歩いて、目で見て、音を聞いて、踏みしめて、匂いを感じて。さらには自然に囲まれて美味しいものまで食べている。

五感フルスロットル状態の今のこの気持ちは、家に帰ってからでは再現できなそうだった。

「今日帰るまでに一つ考えてみない？　下手でもいいから生の声ってやつを」

駆が甘栗を一つ割りながら提案する。中から濃い黄色が現れて、ほくほくと音がしそうなくらい湯気が立った。

「うん、やってみよ」

「大体回ったし、あとはここで食べながらのんびり考えるか」

二人とも考えこんで、同じタイミングで「うーん」と唸った。それがおかしくて同時に笑う。

「とりあえずもうちょっと食べるか！」

駆がこんがりと焼けた鮎《あゆ》にかぶりつく。

駆といると自然と頬と口元が緩む。いつもみたいに口角が上がっているか、と気にしなくてもいい。

「150文字っていうのがハードル高い。【ぱりっとふわふわ鮎《あゆ》うまい】くらいなら俺でもいけるんだけど」

駆がかぶりついた鮎《あゆ》を見ると、なるほど。香ばしそうな皮から白い身が飛び出していて、ぱりっとふわふわでうまそうだった。

「それの積み重ねでもいいんじゃない？【ぱりっとふわふわ鮎《あゆ》うまい、ほくほくほかほか栗あまい、もちもちみたらし団子あまじょっぱい】みたいな」

「おー」

「私はそれに自分の感情を合わせてみるよ。例えば……ふわふわはうれしいし、ほくほくはあったかいし、あまじょっぱいは切なさとか？」

「奥が深い」

わかったのかわかっていないのか、駆は微妙な表情になる。ちょっと抽象的すぎたかもしれない。自分の感覚を人に伝えるのは難しい。

「見たそのままの光景を、文字にするだけでもいいと思う。今日一番印象に残った景色とかは？」

「それなら紅葉だな。それで考えるか」

駆は一分ほど目を閉じて黙りこみ、私は団子を食べながらその様子を見守った。

「できた！」

駆はぱっと目を開けて、笑顔を浮かべた。

150文字が出来上がる瞬間を初めて見る。私は緊張しながら駆の言葉を待った。

【隣のキイがもみじを見上げる
もみじの影がキイの顔に落ちて模様が浮かぶ
その模様の動きに見惚れていると、キイと目が合った
「オトの顔、おもしろいことになってるよ」とキイは笑う
六人の中で僕たちだけが同じことに気づいた
僕の顔は模様だけでなく、もみじの赤に染まっていたかもしれない】

ストレートに感情が伝わってきて素敵な文章だ。

「……いいと思う、すごく。キイへの密かな恋心が出てる！」

「やった。さっき雫の顔に、もみじの影が落ちてたからそこから考えた」

駆がはにかむのを、私はどんな表情で受け取ったのだろう。

「へ、へえ。気づかなかった」

この話がさきほど生まれたばかりの駆の本当の感情だということ。

私がキイのモデルとなっていること。

それが身体を熱くさせる。

「忘れないようにＬｅｔｔｅｒに下書きしとこ」

駆はＬｅｔｔｅｒのアプリを開き、今発した言葉を入力していく。

「ええと背景色、選択、と」

そう呟きながら、Ｌｅｔｔｅｒの背景色を赤に設定した。

「……赤？」

疑問がぽつりと私の口から漏れる。駆が書いたのは、オトのキイへの淡い恋。Ｌｅｔｔｅｒでは恋の話はピンクが定番。

「ん？　何か投稿のやりかた間違ってた？」

駆は不思議そうに私を見る。

「ううん、ただ、えっと……Ｌｅｔｔｅｒでは恋の話はピンク色を選ぶ人が多いから」

「じゃあ赤はどういう話が多いの？」

「恋は恋でも大人っぽい話が多いかも。浮気とか……あと、恋愛関係なしに怒りの感情も多いかもしれない。スポーツの闘争心とかもあるかな」

赤は滅多に検索しないカラー。私にはあまり縁のない感情の色だから。

「へえ、決まってるんだ」

そう言われてみると『恋の話はピンクで、友情の話は黄色で』なんてルールもなければ、公式から指示されているわけではない。

なんとなく皆が使っている色に、イメージを合わせているだけ。

「決まってるわけじゃないよ。ただそんな空気があるから私もそうしてた、だけ」

Ｌｅｔｔｅｒだけではなく、私はいつもそうだ。

「あーそれでｃｌｅａｒさんの投稿って全部ピンクなのか」

「恋の話ばっかりだからね」

「俺はｃｌｅａｒさんの話を読んでピンク以外もイメージしてたから不思議なときもあったんだよなー。ピンクはｃｌｅａｒさん自身のイメージカラーなのかと思った」

駆がｃｌｅａｒのホーム画面を開くと、ピンク一色が並んでいる。

そういえば。私は水色を検索しているときにｋｅｙの夏の話を見つけた。

私の中でＬｅｔｔｅｒの水色は〝寂しい〟という感情に分類していたけど、あの爽やかな告白を決意した恋の話を、駆は水色にしたのだった。

「どうしてこの話、赤だと思ったの？」

「もみじの話だから。赤だろ」

甘栗を口に放りこんで、駆は答えた。

シンプルな返事、シンプルな考え。

だけど、だからこそストレートに私の胸に届く。

感情がどんな色だとか、周りがこの色を使っているからじゃなくて。もみじだから赤い。それだけの単純なこと。

「でもＬｅｔｔｅｒでルールがあるならピンクでもいいよ」

駆はＬｅｔｔｅｒのアプリを眺めながら言う。検索画面の赤を選択して、他の赤の話を見ているのかもしれない。

「ううん。これ赤でもいいと思う。恋は恋でもいろんな色があるよね。駆の感性、素敵だと思う」

恋の話はピンクだなんて誰が決めたんだろう。

私は恋をしたことがない。

だから周りに合わせて恋はピンクだと思いこんでいた。

だけど、恋にだっていろんな色があってもいいはず。

ｋｅｙの夏の話はピンクよりずっと水色が似合ったし、今駆が作った話も間違いなく赤だ。

駆を見上げると、彼の頬は赤く色づいていた。

「……そう言われると照れる」

駆が照れているのを見るのは初めてで、私の頬も熱くなる。きっと同じ色に染まっているのだろう。

「わ、私も考えよっと！」

気にしていないふりをしようとしたら、大きな声を出してしまった。ちらりと駆を見ると、口角を上げてこちらを見ている。ますます頬が熱くなり、思考をLetterに戻す。

——私はどんなお話を作ってみようか。

clear的にも〝オトとキイの話〟にしても、恋を絡ませるのはマスト。ただの友人だったはずなのに、なぜか他の人と少し違うことに気づいてしまう。好きな気持ちを自覚するような、そんな話を。

今日、全身で感じた景色を思い浮かべるように目をつむってみる。赤色、黄色、まだ緑の残った色、木々を印象付ける青空を瞼の裏に浮かべて。

今日一番印象に残っているのは、寺から見下ろした鮮やかな赤や黄色だ。ぱぁっと視界いっぱいに広がった色のように、恋心を自覚するのはどうだろうか。Letterのアプリを開いて投稿画面に文字を打ってみる。こうしてここに入力するのが私の150文字だから。

【僕たちが息を切らして登った先、
目を開くとそこには眩しいくらいの赤と黄色の光景が広がる
「きれいだね」君が呟いた途端、僕の身体の中で同じ光景が広がっていく

光が駆け抜けるような速さで
身体中を巡って知らない僕になって、目の前には知らない君がいた
僕の感情がこじあけられた　美しさが暴力的なほどに】

「なんかひらめいた？」

入力して顔を上げると、駆が期待を込めた瞳を向けてくる。色素の薄い落ち葉色の瞳が日に当たり、ガラスのように透き通って見えた。

その瞬間、入力したばかりの文字が主張するように、私の身体の中で飛び跳ね始めた。文字の振動が心臓まで伝わっていく。

「う、うん……！　さっきの光景とオトをリンクさせようと思って……」

私はスマホを駆に渡す。

――これは本当にオトの感情なのだろうか。

「うわー、さすがｃｌｅａｒさん！　ここでオトはキイへの恋心を自覚したんだってわかる。恋に落ちたっていうか、気づかないでいた恋心がぶわーってなる瞬間！」

駆が興奮しながら放つ言葉が、私の身体の中でさらに好き勝手に飛び跳ねる。

「これはお寺のところで見た景色」

「わかる。あの景色感動したもんな、たしかにその感動と恋を自覚する気持ちは似て

る。──これは絶対採用！」

「あはは、ありがとう。送っておくね」

私は入力した文字をコピーすると、メッセージに貼り付けて駆に送信する。

……下書き保存じゃない。私の生きた感情が送られてしまった。

「これほんといい。早く投稿したい。これ何色にする？　もみじの赤？」

「赤もいいけどこれは緑にしようかな。紅葉の話だけど、まだ感情が赤くなりきっていない話だから、緑」

「お、いいじゃん。緑ね、おっけー」

駆は私の150文字を投稿画面にペーストして、背景を緑に設定すると下書き保存した。

私は初めて自分の意思で〝Ｌｅｔｔｅｒの色〟を選んだ。

これは、緑なんだ。

まだ赤く色づくほどではない、小さく芽吹いた恋心。

第三章　ブルー時々ピンク

それから数日経って〝オトとキイの物語〟はスタートした。

【いつからだろう
キイが「オト」と僕を呼ぶ、その声が雑踏の中でもクリアに聞こえてきたのは
僕たちはただの友達　六人の中の一人
それ以上でもそれ以下でもない　ずっと平行線のまま続く関係
その時の僕はまだ何も知らないままで
夏が終わり、まだぬるい秋の風が新しい僕を連れてきていた】

二人で考えた150文字、物語の始まり。

私たちが物語を作り始めてから半月が過ぎて、物語の中の〝秋〟は完成した。オトがキイへの恋心をはっきり自覚するものの、自分の気持ちに戸惑ったまま冬に突入していく。

Ｌｅｔｔｅｒに投稿するまでの流れもできた。

水曜日は作戦会議。それまでにお互い何作か考えてきて、投稿する150文字を決定する。会議で採用された150文字を、駆が投稿順を決めて物語を構成していく。

大枠は相談してくれるが、投稿順は投稿するまでお楽しみに、といたずらに笑う。

Ｌｅｔｔｅｒのアプリを見る楽しみが一つ増えた。

休日も一度だけ出かけた。

電車で数駅の場所にある小さな水族館。〝冬の話〟を考えたいのに、青の光景を見ていたら二人とも〝夏の話〟ばかり思いついてしまった。

十一月も下旬になった。

私の生活は特段代わり映えなく、嫌いな時間も変わらないまま。偽物のピンクも、無理やりあげた口角も、口癖の「大丈夫」も変わらない。

だけど好きな時間が二つ加わった。

水曜日の図書室と、駆が投稿してくれた〝オトとキイの物語〟を読む時間。

今日も私たちは図書室で六回目の作戦会議を行っている。

「冬のネタが枯渇しています」

駆が深刻なニュースを読むように悲痛な面持ちで言うから吹き出してしまう。

「こないだは夏の話ばっかり思いついちゃったもんね」

「おかげで夏のストックは溜まったけどな」

「夏はもう告白を意識してるから雰囲気変えないといけないし難しいね」

ひとまず私たちは持ち寄った150文字を発表することにした。お互いノートと手帳を取り出すのもいつもの仕草だ。

「実は私も冬の話を思いつかなくて。今回、季節関係ない話になってる。えっと、これは二人で行った映画の日をもとに作った話なんだけど……」

駆との時間をネタに使ってしまったから、先に言い訳をする。駆にスマホを渡して下書きに保存していた150文字を見せた。

【二人で一つの時間を共有した
少し効きすぎた空調も、キャラメル味のポップコーンも、
驚きの展開に手に汗握った感覚も
一つ残らず忘れたくなくて捨てられない半券
映画の名前も、スクリーンの番号も、座席のアルファベットさえ特別に見えるから
印刷された文字ごと抱きしめて】

「あーいいねえ、ｃｌｅａｒ節が効いてる。俺これかなり好き」

「ほんと？　よかった」

常に優しいリアクションを取ってくれる駆だけど、心から好きな作品とそうではない作品に微妙に差が出ることに気づいていた。

それは私も同じで、どの作品も素敵だと思っているし褒めるけど、ほんの少しの差を駆には読み取られている気がする。

お互いそれを顔には出さず、二人が心から気に入ったものだけを採用している。

「でもこれは採用できないかな……ごめん」

だから駆の言葉には正直驚いた。先ほどの駆はお世辞ではなくこの話を好きだと思ってくれたと受け取ったから。

「これ作品としてはかなりいいんだけど。オトとしてはどうかなと思って。オトはたぶん半券を取っておかない人間。俺のイメージの中では」

「あー……そういうこと。オトじゃなくて私が出ちゃったね」

意味がわかり、なるほどとうなずく。

記念に取っておくタイプの人もいれば、そうでない人もいる。駆の中でオトは、そういうタイプではないらしい。

「オトを自分と結構重ねちゃってるかも」

「駆は半券残しておかないタイプ？」

「ポケットの中でぐしゃぐしゃになってるタイプ」

なんとなく想像がついて笑ってしまう。駆とオトが似ているならこの話は不採用だ。

「でもこれｃｌｅａｒで投稿してよ。作品としては絶対いいから」

「そうしようかな」

久しぶりにｃｌｅａｒで投稿する作品。今後は駆みたいにいろんな背景色で恋の話を投稿しようと思っていたけど、これはピンクの話だ。淡い恋心。

「俺も映画のことを思い出して書いてみたやつある」

駆ははにかむと手帳に書いてある文字を私に見せた。

【僕たちが集まるのはたいてい学校帰り
だからその日、僕はキイのワンピース姿を初めて見た
スカートは制服で見慣れているはずなのに
秋色のワンピースは大人っぽくて知らないキイに見える
最近僕は知らない君ばかり見つけている
君が変わったのか、僕が変わったのか】

……体温が高くなっていることに嫌でも気づかされる。

ただ単に作品のネタとして、あの日のワンピースを使っただけの話なのに、さっき駆がオトを重ねていると聞いたから、自分とキイを重ねてしまう。

もしかして駆はあの日こんなことを思ってくれていたのだろうか。心臓のリズムが速くなる。

「ちょっと微妙かな？」

うまくリアクションが取れないでいた私に駆が訊ねる。

「ううん。かなりよくて感動しちゃった。これは採用したい」

「文章ちょっと手直しできそう？　中身は悪くないと思うんだけど語感がなあ」

「それならここのリズムを変えてみるのは？」

余計なことは考えるな、と思うのにどぎまぎしてしまう。

そのあと、発表し合う作品の〝オトとキイ〟が〝駆と雫〟に思えてしまう。

そのたびに自意識過剰だと心の中で笑い飛ばして頭から追い払った。だってそうしないと、ただの告白合戦じゃないか。

「俺やっぱ風景見ないとダメだわ。今度は冬っぽいことしよ。どっか出かけよう」

題材を探しに行こうと誘ってもらえるのを、心待ちにしている自分がいる。

「冬らしいこと考えないとね」

「てか春夏どうする？　締切年末だから春と夏は想像するしかないよなあ」

「夏はこないだ数を稼げたけどね。イメージ力を鍛えないと」

「春のことはまた考えよう。……でも冬はもう見たまま書かせて」

目の前にない季節を想像するのは難易度が高い。幸いハロウィンを終えた街はクリスマスモードになっていて、恋の話にクリスマスはぴったりだ。

私たちは〝冬らしいこと〟を検索してみた。

ちょうどクリスマスマーケットが開催されるらしく、来週末の約束を取り決めて、六回目の作戦会議はお開きとなった。

＊＊＊

美術の先生はペアを組ませるのが本当に好きらしい。

今日のお題は『校内で見つける秋』。まるで駆と私の題材探しのよう。

校内のどこかで秋を見つけてそれを絵にする。ペアにしなくても、個々で好きに書けばよいのでは？　と思うけど、ペアで同じ景色を選び、完成した絵を見比べて自分とどう違うのかを感じる目的があるらしい。

「山本さん、ここらへんでいいかな？」

「うん」

美術の時間、もはや固定ペアになっている山本さん。

物静かで穏やかな彼女といるのは嫌ではない。だけど、私が別の人と組むのが当たり前になってしまった事実だけは、心に隙間風が入る感覚に陥る。

今日も香菜と友梨は形だけ「どうしようか」と言葉を発して「私が誰かと組むよ」と私が言うまでだんまりを決めこんだ。

これでも二人は気を遣ってくれている。本当はずっと彼氏の話、二人共通の話がしたいのだと思う。話に入れない私のことを気遣って、なるべく違う話をしてくれているのは感じる。

恋に染まった女の子の頭の中は桃色で埋め尽くされていて、二人は飽きることなく恋の話をし続けられるのだろう。

こうして二人きりになる時間があるなら、思う存分話したいことをいつまでも話せる。

ペアを作る時間の沈黙が『自分が一人になりたくないからどちらでもいいから出ていってほしい』ではなく『雫が邪魔だから出ていってほしい』に変化していることをひしひしと感じ取れてみじめだった。

私と山本さんは校門近くに腰を下ろした。

校門から出ると桜並木があり、この季節は桜も黄色やオレンジ色になる。同じこと

アルファポリス開催
青春小説×ボカロPカップ

大賞 『#消えたい僕は君に150字の愛をあげる』
（原題：透明な僕たちが色づいていく）

特別選考委員

柊マグネタイトさん 選評

雫と駆の距離感が絶妙で、
ふたりの関係性が徐々に深まっていく様子に
最後まで目が離せませんでした。

作品の制作が進む中で、
雫が駆に対して特別な関係かもしれないと
意識してしまう描写がとても可愛らしかったです。
また、雫の家族・友人関係での悩みが繊細に描かれていて、
“Letter”での投稿や下書き保存、削除などの行為、
背景色選び等から気持ちが伝わり、感情移入させられました。

最初から最後までかなり熱中しました。
非常に面白かったです！

川奈あさ先生書き下ろし
特別ショートストーリーを公開中！

閲覧パスワード：letter150ss

URL https://www.alphapolis.co.jp/campaign/aoharu/ss

を考えていた生徒は何人もいるらしく、木々の下にある縁石にはすでに十人ほどの生徒が腰掛けていた。

その中には楽しそうに笑う香菜と友梨もいた。香菜の声は大きいから彼氏の話をしていることは容易にわかる。

そしてそのすぐ近くには駆がいた。

……この時間を駆と一緒にいられたら。

絵を描きながら〝オトとキイの話〟を進めることができたのに。

だけど私たちは教室内では「鍵屋くん」「瀬戸」と呼び合う関係。

駆は何人かの女子を名前で呼んでいるが、私が教室で「鍵屋くん」と呼んだら「瀬戸」と返してくれた。

それは周りを気にする私に合わせてくれているのだろう。駆が教室で私に話しかけることはほぼなかった。

私たちは混み合っている縁石には座らずに、校門近くに腰かけた。ここからでも充分桜の木は見え、人気の場所よりずっと静かだ。

少し離れているほうが見やすいかも、と理由を並べたけど、結局余った姿を人に見られたくなかっただけ。

周りからどう見られるかを常に意識してしまう自分が恥ずかしくなる。

しばらく桜の絵を描いていると、山本さんが制服のポケットから小さな手のひらサイズのノートを取り出して何かを書きこむ。

何を書いているんだろう。私もあんなふうに小さなノートを持ち歩けば、ネタをいつでもメモできそうだ。

「私の顔、何かついてる？」

ノートについて考えていたら山本さんをじっと見てしまっていた。山本さんの眼鏡の奥に疑問の色が見えた。

「ご、ごめん。素敵なノートだなと思って」

「え？　これが？」

ノートと言われて一番に思い浮かべるくらいどこにでも売っているメーカーのノートで、素敵という形容詞は似合わない。下手なお世辞を言う人になってしまった。

「えっと、ネタをメモしておけそうでいいなと思って」

「ネタって……漫才でもしてるの？」

思いもよらない質問がきて目を丸くしてしまった。漫才師は私から一番遠い職業じゃないだろうか。

「ち、ちがうよ！」

「ふふ、冗談」

山本さんも冗談とか言うのか。いや、物静かでいつも一人で読書をしている人だから、どんな子なのかあまり知らないけど。

「実は私もネタをメモしてるの。Ｌｅｔｔｅｒってアプリ知ってる？　それに投稿してて、そのネタになりそうなことがあればその都度メモに書きこんでる」

「え、うそっ！　私もＬｅｔｔｅｒで投稿してるの」

小さな興奮が大きなリアクションに繋がる。山本さんは私の反応に少し驚きつつも笑顔を見せた。彼女が声を出して笑う姿を見るのは初めてかもしれない。

「Ｌｅｔｔｅｒに投稿してる人が見つかるなんてうれしいな」

駆以外にもＬｅｔｔｅｒの話ができる人が見つかるとは思わなかった。以前に香菜と友梨に話したとき、アプリの名前をなんとなく知っている程度で興味はなさそうだった。

「瀬戸さんはコンテストに応募する？」

「うーん……まだ考え中。山本さんは？」

「私はせっかくだしＬｅｔｔｅｒ部門には応募するつもり。過去の投稿でもいいみたいだし、Ｌｅｔｔｅｒ部門のコンテストタグだけでもつけたほうがいいんじゃない？」

「だよねー」

小説部門に応募できたのは、〝ｋｅｙの名前〟で〝二人で〟だからだ。ｃｌｅａｒ

の名前で一人で応募する勇気はいまだにない。

山本さんは私と同じでＬｅｔｔｅｒのことなら饒舌になるタイプだった。今までペアを組んだときはほとんど会話なんてしなかったのに、今日は自然と盛り上がり、私は美術の授業を初めて楽しいと思えた。

香菜と友梨といる時間よりも。

＊＊＊

【プラスとマイナスの天秤って人類平等なんだろうか
私の天秤は、常にマイナスに傾いている気がする
プラスとマイナスは交互に来るって言うけれど本当かな？
マイナスの皿のほうに悪魔がどっかり座ってたりして
幸せなことがあると、それが許せないみたいに
すぐに傾くの、大きく、マイナスに】

黒い背景の気持ちを久々に下書き保存した。駆と〝オトとキイの物語〟を始めてから、黒く塗りつぶされた感情は一度も書いていなかったのに。

今週末は駆との予定はない。お父さんは会社の人とゴルフに出かけていて、壮太は練習試合。お母さんはもちろんその付き合い。今日は送迎だけでなく、手伝いの仕事もあるとはりきっていた。

香菜と友梨は今日もデート。もしかしたらダブルデートかもしれない。

よくある週末だ。

お母さんが帰ってくるまでは、何も変わらない週末のはずだった。

Ｌｅｔｔｅｒを眺めながら、お母さんが用意してくれていた卵サンドイッチを食べていた昼食の時間。玄関から扉を強く閉める音がした。

お父さんがもう帰ってきたのかと玄関側を見やると、勢いよくリビングに入ってきたのはお母さんだった。動作は大きく、目は赤く息も荒い。

「お母さん、どうしたの……？　体調悪い？」

立ち上がると、お母さんは私の姿にようやく気づいたみたいだ。その場にへなへなと座りこむ。

「大丈夫？　熱？」

慌ててお母さんのもとに駆け寄る。

「……してた」

「え？」

「お父さん、本当に浮気してた」

「……えぇっ」

お母さんは頼りなく息を吐き出した。

それ以上は何も言わずうなだれるから、私は隣にかがみ背中に手を当ててみる。大きく息を吐いているお母さんの隣で、頭の中は真っ白になっていた。

ええと。お母さんは今「お父さんが浮気していた」と言った？

壮太の練習試合に行っていたはずのお母さんがなぜこんなに早く家に戻ってきているの……

そんなことはどうでもいい。

そこから考えてしまう私もだいぶ混乱している。

お父さんが浮気だなんてとても信じられないけれど、今のお母さんの状態を見れば、嘘をついているとは思えない。

私が混乱しているうちにお母さんは立ち上がった。

「ちょっとお茶飲むわ。のどがカラカラなの」

眉を下げたお母さんはキッチンに向かう。私はいまだ回らない頭で、お母さんが麦茶をグラスに注ぐ様子をぼんやりと見ていた。

お母さんは私のぶんの麦茶も注いでダイニングテーブルに座った。私の席の前にお茶が置かれているから、私も座る。お茶を一気に飲み干すと、お母さんはまた笑顔を作った。

「ごめんね。雫が下にいると思わなかったから情けない姿見せちゃった」

お母さんの瞳は赤く充血していて、先ほどまで泣いていたことが窺える。

「……お母さんの話、聞いてくれる？」

弱々しい声でお母さんが訊ねた。

だめ。聞きたくない。お父さんの浮気の話なんて。お父さんのそんな姿知りたくない。だって私はお父さんのこと……

「うん、大丈夫だよ」

痛々しいお母さんの姿に、唇が勝手に呪いの口癖を呟く。

許可を得たお母さんはすべてを放出していく。はじまりから、おわりまですべてを。

――数ヵ月前から女性の影を感じていたお母さんは、今日お父さんのあとをつけることにしたらしい。壮太の送迎担当というのは、お父さんを油断させるための嘘だった。

この日のためにレンタカーを借り、お父さんの車のあとをつけたお母さんは、女性を車に乗せるお父さんをとうとう見つけたらしい。

まだ半分以上残っている卵サンドを見つめながら、私はそれをどこか現実味のない知らない家庭の話のようにぼんやりと聞いていた。

「取引先の人が女の人だったとかは？」

「ううん。そのままホテルに向かったから」

ガン、と頭を殴られたような衝撃。縋りたかった希望を打ちのめされた。生々しいその言葉に吐き気がこみあげてきて、その現場を直《じか》に見たお母さんが目を赤くする理由がわかった。

「これからのこと、考えておいてね」

「……これからのこと？」

「まだどうなるかはわからないけど、お父さんについていくかお母さんといるか、よ」

お母さんが帰ってきてから、ずっと脳がうまく機能していない。

どくどくと鳴り響く心臓がうるさくて、耳鳴りがして何か考えようとしても雑音にかき消される。

お母さんの質問の意味を考えたくないから、頭を真っ白にするしかなかった。

「頭痛いから少し寝るわ……。夕飯はちゃんと作るからごめんね」

その『ごめんね』は何に対しての『ごめんね』なのだろうか。

お母さんは生気のない顔をしているが先ほどより顔色は悪くない。私に話すことで落ち着いたのだろうか。

　二階に上がろうとしたお母さんは、思いだしたように振り向いた。

「そうそう。お父さんと壮太には言わないでね。慰謝料とかのことを考えると、お父さんのことは泳がせたいし、壮太に余計な負担かけたくないから」

「わかった、大丈夫。もちろん言わないよ」

　私は階段に向かって笑顔を向ける。

　お母さんから吐き出された毒素を全身で受け止めてしまった私は座ったまま、動けないでいた。

　お母さんの姿が完全に見えなくなってから、テーブルに突っ伏す。身体が重くて頭をうまく支えられない。

　どうして。

　どうして、私に話したの。

【受け取った言葉を、ゴミの分別みたいに分けられたらいいのに
人にあげたい言葉だけをリサイクルに出して
いらない言葉はすぐに燃やすんだ
どうして人からの言葉をどんどん溜めこんでしまうんだろう

忘れたい　捨てたい　なかったことにしたい
でも、全部全部蓄積されて、私はゴミ箱の中】
やり場のない気持ちをスマホに打ちこんで……そして投稿せずに削除した。
この気持ちをどこかに捨てられたらいいのに。

【恋愛なんていらない　恋は盲目だから
すべてを捨ててまで、愛に走る
それを愛と呼ぶのなら、愛なんていらない
愛に暴走した君に撥ねられた人を見捨て
それでもたどり着いた目的地に何が待っているんだろう?
それは愛なのか、エゴなのか】

朝目覚めて目に入ったのは、Ｌｅｔｔｅｒの入力画面。あまりにも暗い文字たちに苦笑いをこぼす。
朝一番にこんな文字を見るのは嫌だな。寝落ちした自分を恨んでベッドから這い出る。

今日は水曜日で、七回目の作戦会議。だから昨日の私は少し焦っていた。

〝オトとキイの物語〟を書きたいのに、恋を書くのが怖い。

愛の終わりをまざまざと見せつけられ、お父さんの恋に対する嫌悪感で嗚咽がこみあげる。

今の私にピンクの恋心なんて書けるのだろうか。

お母さんのカミングアウト前に何作か書いていたから、ひとまず今日はそれを発表しよう。

週末にクリスマスマーケットに行けば、冬に着想を得た150文字が書けるかもしれないから。

十二月になればもっと冬が深まって素敵な話が書けるはず。

学校の最寄り駅もクリスマス仕様になっていて、構内にもクリスマスイベントのポスターがいくつも貼ってあった。

私はそれらからなんとか冬を想像して150文字を考える。

そうだよ。ｃｌｅａｒのピンクの150文字は今までこうして書いてきた。実体験じゃなくて全部ｃｌｅａｒの妄想。私の身体の中にない感情。

今まではこれが普通だったんだから、元に戻るだけ。

私の中で芽吹いたかもしれない恋心は赤くなる前に枯れてしまったんだ、きっと。

＊＊＊

放課後。図書室に行く道で忘れ物に気づいた私は一度教室に戻った。

図書室に行く前にトイレに行っておこう、図書室の近くのトイレは暗くて少し薄気味悪いから。そんな子どもじみた理由をすぐに後悔することになる。

どうやら私の天秤は悪い方向に傾いている時期らしい、悪いことは続く。個室の外から聞こえてきたのは香菜と友梨の声だった。

「今日、彼氏の話しすぎたかな？」

「あー。香菜はもう少し気遣ったほうがいいよねえ」

気づきたくないのにすぐ気づく。

これは私の話だ。鍵を開けようとした手が固まる。すぐにここから出ればこれ以上聞かなくても済む。

だけど、どんな顔をして出ていけばいいの――

「だってあの話はどうしても言いたかったんだもん」

「でも雫、嫌そうにしてなかった？」

「えーやっぱ友梨もそう思った～？」

心臓の音が大きくなって、二人に聞こえてしまうのではないかと思うほど。

失敗した……恋に対して密かに絶望した私は、友人二人の恋の話をおざなりに聞いていたらしい。

香菜は彼氏への感情が日に日に増し、今が一番幸せだととろけきっている。いつもなら惚気話を微笑ましく聞けたけれど、今の私には生々しく感じる。

友達の話でお父さんを思い浮かべるなんてバカバカしい。

そう思うのにうまく笑えなかった。

「雫って彼氏いたことないらしいから、うらやましいんじゃない？」

「嫉妬ってこと？　なんかやだなあそれ」

「まあ雫ってあんま自分のこと話さないからよくわかんない、何考えてるか」

「わかる。うわべって感じある」

「話しにくいときあるよね。香菜くらいわかりやすけりゃいいんだけど」

「それ褒めてる？　けなしてる？」

二人の笑い声がやけに耳の中で響く。

耳がおかしくなったのかキイキイと音も鳴る。

うまくやれていたはずの仮面が剥がれ落ちる音。

仮面が剥がれたら、誰にも必要とされない透明人間が現れた。

「雫にも彼氏ができたら変わるかもよ」

「じゃあ彼氏の友達を紹介してあげようよ。そしたら話も通じるよね」

「正直気遣うもんね、雫いると」

「てか友梨準備できた？　もう学校の近く着いたって」

「ごめんごめん。おっけー行こ」

二人の楽しそうな声が遠ざかっていき、私は何度も大きく息を吐いた。息を吐き続けないと何かが身体の中から出てしまいそうで。

ふらふらとトイレの個室から出て、鏡にうつった自分を見る。

「ひどい顔」

最近うまく眠れなくてクマができているうえに顔は青ざめている。

駆に会いたくないいな。

そう思うのは初めてだった。

だけど勘のいい駆に何も気づかれたくない。私は蛇口を思い切りひねり、手を差しこんだ。冷たい水が手のひらに当たり、ほてりを冷ましてくれる。

「大丈夫。絶対に大丈夫」

鏡の中の私が笑う。そう、私は大丈夫なんだから。うまく笑えたことに安堵して、私はスマホを取り出す。すぐにＬｅｔｔｅｒの入力画面に打ちこんでいく。

【感情を下書き保存する　それは私の儀式
身体の中に溜めこんだ想いを文字にしたら、ほんの少し重りが消えるから
だけど今度は下書きを溜めていた箱の底が抜けた
手あたり次第に放りこんだ私が、行き場をなくして溺れて】

……だめだめ、こんな150字ばっかり書いてどうするの。

私は感情のままに打ちこんだ文字を、下書き保存せずに削除した。もう一度鏡で笑顔を確認して図書室に走る。

七回目の作戦会議はうまくやれたと思う。

「ちょっとお腹が痛いんだ」と言ったら、駆は心配してくれて早めに解散することになった。

お腹が痛いのは本当。あの日からずっとお腹が痛い。何かがずっとお腹にいるみたい。

書かないと。

ピンクの幸せな恋愛を。

恋をしないと、香菜や友梨みたいに。

紹介してもらって、恋をしないと。

恋なんてしたくないのに。

このままじゃ恋の話は書けないし、友達の中にも入れない。

＊＊＊

あれからお母さんはお父さんをあからさまに避けている。壮太がいない場所でお父さんの愚痴を言いたがった。

お父さんは何かに感づいたのか、以前より早く帰ってきて私たちに話しかけてくるようになった。壮太は話しかけられてもむすりとした表情でその場を立ち去る。

私も壮太と同じ対応をすればいいとわかっているのに、ダイニングテーブルから離れられない。

香菜と友梨はやたらと目配せするようになった。私を気遣っているのか、邪見にしたいのか。

それはいまいち読み取れず、三人でいるぶん疲弊した。

よほど一人でスマホを眺めているだけのほうが楽なことはわかっているけれど、自分の心の平穏と、周りから一人ぼっちに見られることを天秤にかけて、結局ここから離れられない。

誰かの一番になれないとわかっているのに、必死に取り繕ってしまう。

そんな自分のことがまた一つ嫌いになる。

今までうまくやってきたはずが、どこか歯車が噛み合わなくなってきて、じわりじわりと私を削っていく。

今まで一ミリずつ減っていたものが一センチ。

いや、もっと大きく。どうせなら減り続けて本当にこのまま消えてしまえたらいいのに。

そんな暗いことを考えているくせに、日曜日のクリスマスマーケットを楽しみに思う気持ちは変わらなかった。

楽しみに思うことがあるだけ大丈夫だよ、と自分に何度も言い聞かせて日曜日を待った。

＊　＊　＊

駆といるときだけは、意識を細かく張り巡らさなくたっていい。

日曜日は天気がよく気温も穏やかで、今の気分を少しでも吹き飛ばしてくれる予感がする。

「今日ちょうどいいな、寒すぎない」

合流してすぐに私と同じ考えを口にした駆は、今日はネイビーのコートを着ていて大人びて見える。

私は白のニットワンピで、彼にどのように見られているか気になってくる。タイトなシルエットでそこまで子どもっぽくはないと思う。

服装に合わせて、動画の見様見真似で髪の毛も巻いてみたし、いつもより色を使うメイクもしてみた。

何度会っても服装の正解はわからず、これだけは駆相手でも悩んでしまう。

そして、そのたびに駆が作った〝ワンピースの話〟を思い出す。

「今日のワンピースはクリスマスマーケット意識した？」

駆からワンピースという単語が出て、肩がぴくりと跳ねる。

「そ、そう。雪っぽいでしょ」

「うん、かわいい」

涼しい顔でさらりと返される。駆にとってはただの褒め言葉かもしれないけれど、私には刺激が強い。くるりと巻いた髪の毛を見られるのが気恥ずかしくなって毛先に触れる。

「あ、髪の毛がいつもと違うからか」

顔を覗きこまれると、逃げ場がない。熱い頬はきっと赤くなってしまっているし。

「変かな」

「かわいいよ」

「あ、ありがとう」

こういうときはどう返せばいいかわからないけれど、駆が満足気な笑みを返してくれたから、間違ってはいないはず。それ以上駆の顔を見ていられず私は足を動かした。

「おー！　クリスマスって感じする！」

大きな公園の中心にある広場に入ってすぐ駆が大声をあげた。

そこには赤いアーチ状の入り口があり、大きなリースが飾られている。

ポピュラーなクリスマスソングが流れていて、顔を見合わせて笑顔がこぼれる。

実は駆と調べるまでクリスマスマーケットを知らなかった。もとはドイツなどヨーロッパ各地で昔から行われている伝統的なお祭りらしい。

クリスマスの飾りつけをした屋台で料理や雑貨などを購入することができる、日本のお祭りのヨーロッパ・クリスマスバージョンみたいなもののようだ。

「すごい！　かわいい！」

入ってすぐ目にしたのはクリスマスモニュメント。そりに乗ったサンタがユーモアたっぷりな表情でこちらを見ている。プレゼントと愛らしいトナカイもいて、小さなクリスマスツリーたちとともに迎えてくれていた。

「メインのツリーは会場の真ん中にあるらしいよ」

サンタをカメラに収めている私に、マップを見ながら駆が言った。

「まだあるんだ？　楽しみ！」

「にしてもすごい全力でクリスマスだな」

「すごい……」

モニュメントから会場に視線を移すと、ずらりと屋台が連なっている。どの屋台も赤と緑のクリスマスカラーで統一され、リースやクリスマスツリーが並び、これでもかとクリスマスを主張している。

はっと後ろを見ると、駆が口角を上げて私を見ていた。周りの景色に目を奪われて、夢中で見渡してしまっていた。

「ちょっとはしゃぎすぎました」

「雫のそういうとこ新鮮」

「おもしろがってるでしょ」

「んー？　かわいかったよ」

今日の駆はなんだか意地悪だ。私の反応を見ておもしろがっている。

「本心だって。でも俺もちょっと浮かれてるかも。予想以上にすごいわ、ここ。ちょっとクリスマス感あって洋風な食べ物あるだけかと思ってたら、だいぶ広いし」

「からかってる」

絵本のような色使いの光景は非日常的で、にわかに気持ちが高鳴る。……だから、駆も私も今日はいつもと違うのかもしれない。

そう、雰囲気に浮かれただけ。

「食べ物だけじゃないもんね」

「昼ご飯食べて、ツリー見て、解散くらいかなって思ってたけど、いろいろあるな」

駆の言う通り、入口からは想像できないほど会場は広い。私も正直もみじまつりの憩いの場くらいの規模だと思っていた。

もちろん食べ物の屋台も多いけど、クリスマス雑貨やクリスマスギフトの屋台もたくさんあるし、フォトスポットも多数設置されていてクリスマスを堪能できる。

屋台を覗いてみると、日本では見かけないパッケージのお菓子や精巧な細工の雑貨があり目を奪われた。

「まだ昼食べるには早いし、あれやらない？」

駆が指さした先には『ｗｏｒｋｓｈｏｐ』『手作り体験！』と看板が立てられている赤いテントがある。リースやキャンドルなどを制作できるみたいだ。

「どれがいい？」

「迷うね……出来上がりが素敵なのはリース。でもこれは時間もかかるし、センスがいるからリースは既製品を買いたいかも」

「ははっ、たしかに。さっき売ってたもんな」

「でしょ？　あっ！　これがいいな、スノードーム」

「クリスマスらしいじゃん。俺もそうしよ」

店員さんに伝えると、スノードームの材料が置いてある長机に案内された。私は小声で駆に訊ねる。

「スノードームってちょっと子どもっぽかったかな？」

隣の長机で制作しているリースはシックな色合いがおしゃれだ。クリスマスキャンドルもドライフラワーを入れて金色のリボンで大人な感じがする。

対してスノードームコーナーは親子連れが何組かいて、用意されている材料も小さなサンタやスノーマンのマスコットやビーズだ。どれも子どもの頃に集めたようなポップでかわいらしいものばかり。

「俺はこういうのも結構好きだけど」

「実は私も」

「ならいいじゃん」

「作り方はここに書いてあるらしい」

駆が机に貼り付けてあるラミネートされた紙を指す。手順が記入されていた。

「最後までできたら店員さんが仕上げしてくれるって」

「おっけー」

作り方は非常に簡単。台座にマスコットや飾りを接着剤で固定し、雪の代わりになる白い粉やキラキラとした砂やラメ、ビーズなどを選ぶだけ。

親子連れが多いのはこの手軽さもあるに違いない。

私たちが案内された長机の隣に材料が並べてある机があり、ここから好きなものを選択するようだ。

マスコットから雪の代わりになるビーズまで合わせれば五十種類はあるだろう。マスコットはサンタにトナカイ、スノーマン、プリンセスもいる。

飾りはツリーやプレゼントといったクリスマスらしいものからリボンやお城、貝殻まであって。幼児の宝箱のような光景に懐かしく心がときめく。

「迷う〜」

「貝殻使ったらクリスマス感ないだろ」

「夏のクリスマスの地域もあるから？」

「そ、そうだよね」

「それもそうか。てかこれ基本料金の中に含まれてるのはメインマスコットと飾り一個だけだって。一つ追加するごとにマスコットは五百円、飾りは二百円」

「派手なものにしたら値段もすごいことになりそうだね」

「すごい商法を見た」

私はメインとなるマスコットに、オーソドックスな黒いハットを被ってるスノーマンを、駆は驚いた顔をしているサンタさんを選んだ。

「このサンタとぼけた顔しててかわいいだろ」

「ふふ、ほんとだ」

「あー同じ顔してるトナカイも欲しいな。プラス五百円かあ……」

「いっちゃいましょう」

「でも、このあとソーセージも食べたい」

「私もホットチョコレート代を残しておかないと」

結局、駆はトナカイもスノードームに招くことにした。代わりに飾りはプレゼントが乗ったソリだけにしておくらしい。私は飾りにツリーと小さな家を選んで、プラス二百円を支払うことにした。

誘惑は降らせる雪にもある。白い雪か、キラキラしたラメやスパンコールを一色選ぶことができてそれだけなら無料。小さな星やハート、雪の結晶を降らせるには一つにつき百円がかかるらしい。

「私は白い雪を降らせて……プラスでこの雪の結晶がどうしても欲しいな、二つ」

「俺は星だな。青いキラキラの中に黄色の星。三つはいる」

「うわそれすごくいい、素敵」

「だろ？　仕方ない、払いますか」

こうして私たちは想定よりも多く支払って店員さんに仕上げをしてもらった。透明なジェルのような糊を流しこまれて、スノードームは完成だ。


ワークショップのあとは念願の屋台グルメ。

クリスマスマーケットの発祥の地ドイツの料理が多く、聞き慣れない名前の料理ばかりだが、どれも美味しい。

とろけたラクレットチーズがたっぷりのったカリッと香ばしいバゲット。すりおろしたじゃがいもを揚げたライベクーヘン。駆の念願のソーセージはドイツ語でヴルストと言うらしい。最後にホットチョコレートも飲むと、冷えてきた身体に染みこんで胸までぽかぽかする。

ひと通り食べ終えて満足した私たちはゲブランテ・マンデルンと呼ばれるクリスマスマーケット定番のお菓子を片手にフォトスポットを回ることにした。

ポップコーンの袋のようなものに入ったこのお菓子はナッツをキャラメルでコーティングしたもので、たくさん食べたあとなのにいくらでも口に放りこんでしまう。

少し人が集まっているフォトスポットを覗いてみると、大きなソリに座って撮影ができるらしい。

自分のスマホでもプロのカメラでもカメラマンが撮ってくれて、気に入ればプロの写真も購入してね、という観光地にありがちなもの。

「かわいいカップル、写真どうですか？」

サンタのコスプレをした陽気なお兄さんが私たちに笑顔を向けて、友人のように駆の肩を叩いた。

「はーい、撮ります！　せっかくだし撮ってもらお」

駆は有無を言わさずに列に並ぶから私も大人しく従った。お兄さんの放った〝カップル〟の単語がやけに大きく聞こえたのは私だけなのだろうか。

……駆は私のことをどう思っているのだろう。

私たちは物語を書くために毎週水曜日に集まって、恋を知るために週末にデートのようなことを繰り返す。

私たちは、目的達成のために集まった仲間。

それ以外に私たちを表す言葉は今はない。クラスでは苗字で呼び合って、用事があるときしか話しかけないただのクラスメイトだ。

〝オトとキイの物語〟には終わりがある。年末締切のコンテストに間に合わせるのだから、私たちの目的は年内で達成されてしまう。

クリスマスが終わったら――

「雫、俺たちの番だよ」

「ごめん、ぼうっとしてた」

「最近ぼうっとしてない？」

「お話を考えてると空想に浸りがちになっちゃうの」

嘘と本当を混ぜるのがこんなにうまくなったのはいつからだろう。

全部嘘ではない、本当もある。そんなしゃべり方ばかりしているから自分を見失ってしまった。

「ああ、それはわかるかも。俺も最近すぐ空想の世界に行きがち」

駆は納得したようにうなずいてソリに座る。

ソリは狭く私が座ると、肩と肩が触れ合った。駆からシトラスが香り、触れ合った肩はやけにあたたかかった。

駆とこんなに密着するのは初めて。

どきまぎしながら駆を見ると、茶色い瞳が私をうつすから身体が硬くなる。

「……雫。カメラ、あっち」

駆が目をそらしカメラを見た。

「ご、ごめん」

慌ててカメラを向くと、カメラマンのお兄さんがにこにこ微笑んでいた。

「初々しい二人の記念を残しますよー！　はい。まずは彼女さんのスマホでね！　次はこっちのカメラのほうを向いてー。はいオッケー！」

返されたスマホには本物ではない、だけど嘘をついているわけでもないカップルもどきの写真があった。

二人一緒に並んでいる写真は初めてで、それをうれしく思う気持ちは本当だった。

「そういやこのソリ、夜はライトアップされるらしいよ」

駆の言葉にソリを見やると細かいＬＥＤ電球がぐるりと巻きつけられている。これが光るとなれば美しいことは間違いない。

「よく見ると、どの屋台もイルミネーションのライトがいっぱいついてるね」

「夜はまた全然違う雰囲気だろうな」

そんなことをしゃべりながら歩いていると、広場の真ん中にある大きなツリーの前に出た。案内板には八メートルと書いてある。あまりに大きいのでてっぺんのほうはよく見えない。

「すごい迫力」

「な」

飾り自体はシンプルで赤と金色で統一してある。大ぶりのベルベット素材のリボンやくすんだゴールドのベルが上品だ。

これも電球がいくつもついていて夜はもっと輝くのだろう。

「これ夜も見たいよなあ」

「クリスマスって夜が本番なイメージあるしね」

「俺らもみじまつりもライトアップ見られなかったし」

「そう言えばそうだったね」

思い出して笑いかけると、駆はいつになく硬い表情をしていた。どうしたのだろうと不安がよぎる。

「あの、さ。雫さえよければイルミネーション見に行かない？」

「えっ、うん。いいよ。イルミネーションこそクリスマスって感じするもんね。それにイルミネーションのお話も書きたいと思ってたんだ」

突然の誘いに心臓が驚いてしまって、脳で考えるよりも先に言葉が出てきてしまう。

急に早口になった私を駆がじっと見下ろすから、口からまた言葉が出てきそう。

「やった」

駆の表情がほどけて、あどけない笑顔が現れた。

私の返答がもたらした表情だと思うと、心臓がぎゅっと掴まれたみたいに痛い。

「ど、どこに行く？」

「このツリーの夜の姿も見てみたいけどまた同じとこ来るのもなあ。イルミネーションなら他でもやってそうだし、探してみる」

駆と目が合うと、彼はすぐにツリーに視線を戻す。顔が見えなくなって、代わりに少しだけ赤い耳が見えた。

違う、これは寒いから。

風にあたって赤くなっているだけ。

そう理由をつける私の耳も熱い。

クリスマスイルミネーション。それは〝冬の恋の話〟にぴったりなシチュエーション。

だから恋の物語の題材を探している私たちにはうってつけの場所。

だけどこんなに意識してしまうのはどうしてなんだろう。

「てか雫は家大丈夫？　イルミネーション見るってなると夜になるけど」

「大丈夫だよ。夜、親いないことも多いし」

「仕事忙しいんだ？」

「ううん。弟が野球のクラブチームに入ってて、練習の送迎とかで夜いない日も結構ある」

厳密に門限があるわけでもないし問題ない。

友達と夜ご飯を食べることだってあるし……別に駆は彼氏なわけでもないんだから挨拶するっていうのも変だし。それに、私の行動をお母さんが気にするとも思えなかった。

「へえ、雫の弟もクラブチーム入ってるんだ。俺も中学のとき入ってたよ。試合当たったことあるかなー？　って年下だからあるわけなかった」

「弟は一年のときからレギュラーだったし二個下だから試合したことあるかもよ」

駆の表情にわずかに翳りが生まれた。

「そっか。でも俺は中二でやめちゃったから。……ほら、啓祐の件で。親ちょっと鬱っぽくなっちゃって。送迎とか難しくなって」

「そ、そうなんだ」

「チャリとか電車で通ってるやつもいたから、親のせいっていうより俺の気合の問題だけど。やる気がなくなっちゃって。結構好きだったんだけどなあ」

「……わかるよ」

熱が入った同意になってしまったこと、気づかれなかっただろうか。

「だから今は帰宅部。高校にも野球部あるんだからやればいいんだけどな。――あ、あっちは白いツリーがあるらしい、行こ」

あからさまに話を変えた駆は、会場の奥を指差した。きっと人に聞かせる話ではないと判断して、彼なりに気を遣ってくれたのだろう。

『わかるよ、私も同じだから』それはついに私の喉から出なかった。

私の吹奏楽も同じだ。本気でやる気があるなら、お母さんの言う通り覚悟というものがあるなら。B学園に入れなくても吹奏楽を続ければよかった。

高校入学後、帰宅部にすることを告げたときの「やっぱりね」というお母さんの目。

だけど大人は知らない。私たちの小さな勇気はいとも簡単に踏みつぶされてしまうことを。

＊＊＊

てらてらと黒光りする豚バラの生姜焼きが胃に重くのしかかる。

「ごめん、もうお腹いっぱいになっちゃった。壮太食べてくれないかな？」

壮太はちらりと私の皿を見ると、無言で豚バラを取っていく。

「ダイエットしてるの？　お肉も食べなきゃだめよ」

お母さんが咎めるように私を見つめる。

あの日からお母さんは普通。壮太の前だからか、開き直ってどうでもよくなったのかはわからない。

自分が「大丈夫だよ」と言って、お母さんの愚痴を受け取ったくせに、「私の気も知らないで」と恨みがましい気持ちがこみあげてしまう。

玄関からドアを開ける音がして、私の身体はびくりと固まる。お父さんが帰ってきたから。お母さんは音に気づくと無言で立ち上がりキッチンからお盆を持ってくる。

「頭が痛いから先寝るわ」

お盆にはお父さんの食事がのっていて、それをテーブルに載せると二階に上がっていってしまった。お母さんと入れ替わりでお父さんがリビングに入ってくる。

「ただいま。──お母さんは？」

「おかえりー。頭が痛いみたいだよ、上行った」

「そうか」

私が口角を上げると、お父さんはほっとしたような表情を見せて席に着いた。

「生姜焼きかあ」

「お父さんも好きだよね」

そうしてうわべの会話をただ続けていく。

お母さんはずるい。

あの日からずっとお父さんと顔を合わせないようにしていて。

お父さんもずるい。

罪悪感からか変に機嫌よく私たちに話しかける。話しかけられた私の気持ちも考えない自己満足なのに。

壮太もずるい。

なんにも知らなくて。何も知らないまま反抗期を盾にして、両親の仲介役を全部私に押し付けて。

……私だって部屋に戻ればいいだけ。食事だって一緒に取らなくていい。お父さんのことなんて無視してしまえばいい。

でも私が笑顔を作らないと本当に家族が終わってしまいそうで。

私が何かしたところで今さら家族の未来が変わらないことなんてわかっているのに。

家族の誰にも、私は特別に思われていないのに。

誰も私を一番に思っていないのに。

どうしてここに留まってしまうのだろう。どうして必死に繋ぎ止めてしまうのだろう。

……自分がどうしたいのかもうわからなかった。

【雪を降らせてスノードーム
この気持ちに気づかないように、覆い隠して
昨日二人で話したくだらないことを一言一句覚えてしまっているの
まだ気づきたくないから真っ白に戻して
だけどね、降り積もった雪に君が足跡を残してく
スノードームを逆さにするたびに】

恋の話がまた書けるようになった。

クリスマスマーケットに行って冬を体感したから。……駆と一緒に過ごしたからかもしれない。

私は下書き保存していた話を投稿した。

背景色はピンク、投稿者はｃｌｅａｒ。

この作品は気に入っていたけどオトらしくない、と判断して水曜日の作戦会議には持っていかずにｃｌｅａｒとして投稿することにした。

駆のイメージで行くと、オトは優しいけど結構おおざっぱなところがある。半券をくしゃくしゃにしてしまう彼がスノードームに願いをかける姿は想像がつかなかった。

私はヘッドボードに置いてあるスノードームを逆さにした。

白い雪と大粒の雪の結晶がふわりふわりとスノーマンに落ちていく。柔らかな波のような雪を眺めていると、心も白く平らにしてくれるから。

帰宅してから私は何度もスノードームを眺めてしまう。

「あ。更新された」

keyが〃オトとキイの物語〃を投稿した通知が届いて、すぐにLetterを開いた。前回の投稿ではグループ六人でクリスマスマーケットに行った光景を書いて、今回はその次の投稿。

【キイがスノードームを作りたいと言って僕だけが賛成した
『子どもっぽいなんてひどいよね』キイが口をとがらせながらビーズをつまむ
『でもオトがいるなら楽しいし』その言葉に僕の手からビーズが落ちる
飛び跳ねたビーズたちが僕に訴えかけるんだ
『子どもっぽいところがかわいい』『キイと二人でうれしい』と】

白く、平らになっていた心が粟立《あわだ》つ。

この作品はクリスマスマーケットの翌週の作戦会議で採用されたもので、駆の文章に私が少し手直ししたもの。知っている文章のはずなのに、ビーズが跳ねる音が耳元で聞こえる。

ｋｅｙの投稿はまるでｃｌｅａｒの投稿への返歌のようで、ＳＮＳを通した秘密の交換日記みたいで、顔が熱くなる。

今、駆は何を思っているのだろう。

どんな意図でこの投稿をしたの？

……私の投稿を見ずに何も考えずに投稿しただけかもしれない。もしかしたら予約投稿だったかもしれない。

私はスノードームを逆さにして、心を落ち着かせることにした。

雪を降らせて、スノードーム。この波立つ気持ちを平らにして。

第四章　黒の消滅

十二月に入った頃〝オトとキイの物語〟の冬が終わった。自覚した恋心を認めきれない冬に、私たちは少しばかり設定をプラスした。

キイはグループ内に好きな人がいて、その相手には恋人がいる。

オトはそんなキイの恋に気づいているという一方通行の関係。キイに恋をしても苦しいだけだと、オトは自分の気持ちに抗おうとする。

だけど結局感情に嘘はつけなかった。というのが、オトとキイの冬。

春は片思いだけど少しずつ関係を深める、夏には告白を決意する、という流れにする予定だ。

四季の中で、冬の配分を多くすることに決めた。

オトが恋を自覚するまでの感情の揺らぎがこの話一番の切ないシーンであり、そこが見どころではないか、と考えたから。

春と夏は想像しないといけないから大変という消極的な理由もあるけれど。

今までぼんやりとしていた物語像がしっかりと固まり〝オトとキイの物語〟の完成

形が見えてきた。

物語は順調に完成に向かう反面、ｋｅｙの投稿は一日停止となった。私たちが、イルミネーションをまだ見に行けていないから。

オトがキイへの気持ちを認める舞台をイルミネーションに決めた。

オトとキイはいつものグループで遊んだあと、偶然二人きりの帰路となる。イルミネーションが素敵なエリアを通りがかり、キイの提案で少しだけ立ち寄ることになる。

煌めく世界にいるキイが、ライトよりも輝いて見えて、オトはついに抗っていた気持ちを認め降参する。

〝オトとキイの物語〟の山場となるこのシーンは、臨場感あるものにしたいという駆の考えのもと、実際にイルミネーションを見に行ってから150文字を考えることにした。

だから今は先に春や夏の150文字を作っているところ。イルミネーションシーンを投稿するまでは、時系列を考えて投稿を一時停止している。

肝心のイルミネーションは、十二月二週目の土曜日に約束した。

オトの気持ちとリンクしてしまったらどうしよう。

その日が来るのが楽しみなような怖いような、複雑な気持ちで私は今日もスノードームを逆さにする。

＊＊＊

「今日はお弁当ないんだ。だから学食に行こうかと思って」

「私もー。雫は？　お弁当だよね？」

昼休み。いつものように私がお弁当を取り出すと、二人が申し訳なさそうな顔を作る。普段、教室でお弁当を食べることが多く、学食を利用することはあまりない。

「うん。じゃあ私も学食で食べるよ」

二人に合わせて微笑むと一瞬。

ほんの一瞬、間が空いた。

「えー付き合ってくれるの？　ありがとー」

「じゃあ行きますか」

ああ、しまった。きっと今のは〝不正解〟だった。

二人は笑顔のままでいてくれるけど、私が学食に行かない可能性にかけていたのではないだろうか。きっと教室に一人残るのが〝正解〟だった。

だけど不正解を選んでしまったなら、もう進むしかない。私は二人の隣に並び「二人は何食べるの？」とどうでもいい質問をしながら学食に進んだ。

ガヤガヤとした学食で香菜はラーメン、友梨はうどんを購入した。私はトレイを持っていないから率先して席を探す。

「ここ空いてるよー」

声を張り上げると、トレイを持った二人が机に近づいてくる。

「ありがとう。ん？　なんか珍しい組み合わせ」

席に座ろうとした香菜がじっと奥のテーブルを見ている。

その視線の先には……駆と、山本さんがいた。

「え？　鍵屋と山本さんが二人？　本当に珍しいね」

席に座りながら友梨も感想を述べる。

それは私も同意見だ。

今まで駆と山本さんが話しているところを見たことがない。あるにはあるが、それはクラスメイトとして用事があったときくらい。

そう、つまり普段の私と駆のように。

それは教室内で見せている姿なだけかもしれない。そう思うほどに二人は仲よさげで話も盛り上がっているように見えた。

「本当に二人きりなの？」

「だって周り上級生じゃない？　他の子もいないって」

「えー付き合ってんのかな。意外ー。鍵屋って三組の子と付き合ってなかったっけ?」

「あのかわいい子ね。あの子とは夏休みには別れてたと思うけど、次が山本さんって想像つかないわ」

香菜と友梨の会話が耳をすり抜けていく。

二人は付き合ってはいない……と思う。

最初に出かけた公園で恋人はいないと言っていたし、恋人がいるのにイルミネーションの約束をするわけはないはずだし……

けれど交際の事実がどうであれ、二人が親密な様子なのは明らか。

ずしり。最近消えていたはずなのに。お腹の中にどっかりと座る何かがまた帰ってきてしまった。

「山本さんって結構積極的なのかな?」

「雫、よくペア組んでるけどどう?」

「あんまり話したことないからどうだろ。よく知らないや」

興味津々な二人の視線を受けて、なんとか口角は上げられたと思う。うまく笑顔が作れたかはわからないけど、二人は目の前のニュースに食いついたままで私の表情の変化には気づかない。

「山本さんが話してるとこってあんま見たことない」

「その山本さんがあんなにしゃべってんだよ」

「恋は偉大だねー。そうそう、私たち雫に提案があるんだよ」

うっとりとした表情を作ったあとに香菜は私に向き合った。話が戻ってくると思っていなかった私は、慌てて表情を作り直す。

「恋は偉大ってことで！　雫も恋してみませんか！」

香菜は楽しそうに私に指をビシッと向けた。

「恋……？」

「そうそう。私と友梨の彼氏って大学のサークルの友達なのね。そこのメンバーで何人か彼女募集中の人がいるんだよ。どうっ⁉」

瞬時に身体にぴりっと緊張が走る。

ああ、これは〝不正解〟を選んではいけない。

先日のトイレでの一幕を思い出す。これは彼女たちなりの優しさ。輪に入れない私のための慈悲。二人と一緒に恋の話ができるように。

でも、恋の話ができない私なんていらない。そう聞こえてしまうのは、さすがにマイナスに受け止めすぎだろうか。

キラキラした目で香菜は私の返事を待っていた。恋が楽しい彼女にとっては、恋人ができる＝うれしいと信じている顔だ。

見守る友梨もにこにこしていて、絶対に正解を選ばなくてはいけないのだと知る。

「えっ、もしかして紹介してくれるってことー?」

できるだけ明るいトーンでうれしそうに。

そう意識しながらの返事は正解だったらしい。

ぱっと華やぐ笑顔を浮かべて香菜は詳細を語り始めた。

「私と友梨で行きたいイルミネーションがあってね、もともとダブルデートしよって話してて。そこに彼氏たちの友達も呼ぼうと思ってる。つまりトリプルデートってこと! どうどう? 絶対楽しいよね」

「雫も好みがあると思うからさあ……どの人がいい? この人と、この人は恋人がいなくって」

友梨はスマホを取り出すと、十人ほど写った写真を私に見せる。

呆気にとられながらも写真を見る姿勢を取る。こうして写真を用意していたり、彼らの恋人の有無を確認しているということは、この話は前々から二人が計画していたものなのだろう。

正直行きたくはない。

私は恋がしたいわけでも、恋人がほしいわけでもない。それに、イルミネーションの約束だってしている。

「じゃーん！　ここすごくない⁉　きれいでしょ⁉」

香菜が折りたたんでいたチラシを広げた。それは私と駆が行く予定のイルミネーション会場だった。

ずしりずしり。ますますお腹が重くなり胃までキリキリと音を鳴らし始める。

――私は駆としかイルミネーションを見に行きたいと思えない。

他の誰とも恋をしたくない。

恋心に気づくなら。

オトみたいにイルミネーションの煌めきの中で気づきたかった。

こんなにガヤガヤした食堂で駆への気持ちを自覚するなんて。

物語のようなロマンチックさなんて何もない。現実はこんなもの、なんて呆気ないのだろう。

自分の気持ちに気づいたからといってこの誘いを断ってしまったら……

これが最後の選択な気がした。これは輪に入れない私が内に入るための最後のチケット。

二人が考えてくれたチャンスを無下にしてもいいのだろうか。

「すごいねーここ！」

駆と約束してから何度も公式サイトを確認したくせに。

その日が来るのが待ちどおしくて毎日眺めていたくせに。

今、初めて目にするかのようなリアクションをする自分に反吐が出る。

「でしょ。国内最大級だからね」

「私らだけで行くとアクセス悪いじゃん？　車出してもらえるから楽だよ」

「いいねー」

駆とは電車とバスを乗り継いで行くつもりだった、もみじまつりのように。アクセスが悪くても道中で150文字を発表し合えばすぐに時間は過ぎるから。

「いつ行く予定？」

「クリスマスあたりがいいかなって思ってる。まだ日にちは決定してないけどね。肝心の雫の相手もまだ決まってないし」

友梨の答えに安堵した。十二月後半なら駆と行く日にちと被っているわけじゃない。

それなら……別に二回行けばいいだけの話じゃない？　嘘のリアクションをするのは得意だから、二回目のイルミネーションもきっと初めてみたいに対応できる。

「雫どう？　雫んち、夜別に平気だよね？」

「うん、すごく素敵だねここ。行きたいっ！」

本音を隠すだけでなく、嘘までついてしまった。その事実がお腹の中に重くたまっていく。

「やったー！　ね、どの人がタイプ？　この中にいなくても他もあたれるし」

「どんなタイプが好きかだけでも教えてー」

二人の喜びが私を突き刺す。

……これでいいんだ。私は二人にとっての〝正解〟を選べたのだから。これできっと大丈夫だ。

＊＊＊

図書室に行くのは気が重かった。

二人とイルミネーションの約束をしてしまったことも、駆と山本さんの関係も気になる。

私たちは恋人でもないし、お互い誰かとデートしても何も問題はない。

どうして、こんなに全身が重いのだろう。ずっとお腹の中にいる何かがアメーバみたいに増殖して肩や足の甲に乗っかっている。足を引きずって歩かないといけないほどに重かった。

「よ」

「わ、わあ！」

図書室の扉を開こうとして、後ろから声をかけられる。驚いて振り向くと歯を見せて笑う駆がいた。

「もう、びっくりしたあ」

駆が笑わせてくれるから、少しだけいつもの調子を取り戻せる。

作戦会議はいつも通り始まり、いつも通り終わった。

春に投稿する作品が今日は十も採用されて〝オトとキイの物語〟は順調。そろそろ物語は夏に差しかかる。先日の水族館のおかげで、夏の話のストックも溜まっていて、このまま進めば私たちは締切までに無事に完結を迎えられそう。

そしていつも通り、私たちは最寄り駅までの道を二人で歩く。

この時間になればもう生徒はほとんどいない。深まった冬の夕方は、もう夜の空をしていた。

「そういやレナもＬｅｔｔｅｒ部門に出すらしいよ」

「……レナ？」

話の途中、聞き馴れない名前が出てきて聞き返す。

「ああ山本のこと。山本玲奈《れな》」

冬の風が一気に喉にすべりこむ。喉を通る冷たさで私は返事ができない。

「ん？　雫も玲奈がＬｅｔｔｅｒやってること知ってるんじゃないの？　玲奈が美術

の時間に雫とも話したって言ってたけど」

「あ、ああ！　そうそう話した。駆も知ってたんだね」

うまく駆の顔を見ることができなくて、私はうつむきながら答えた。

会話の内容よりも駆が山本さんのことを「玲奈」と呼んでいることばかり気にかかる。

「俺、昨日知ったんだよ。静かなイメージあったけど、Ｌｅｔｔｅｒのことになると結構しゃべるのな」

同志を見つけた興奮で駆の口調は弾んでいる。

「……それで学食一緒にいたんだ」

何も取り繕えていない冷たい声が出た。慌てて口角を上げてみるが、寒さで固まった唇はあまり動いてくれない。

「そうそう。昨日盛り上がってさあ、時間が足りないから今日学食でしゃべってた。玲奈はあんまり周りのこととか気にしないタイプだから」

……それじゃあ私がすごく気にするタイプみたいじゃない。

ささくれだった自分の心の声に驚く。駆の一つずつの単語がすべて気にかかって、妙にとげとげしい感情が飛び出してくる。

「玲奈、雫ともまたしゃべりたいって言ってたよ」

「美術の時間に話してみるよ」

どうせ美術の時間に余るのは私だし。

出てくる考えが本当に全部尖っている。そんな自分に内心苦笑していると、駆が私をじっと見つめていることに気づく。

「イルミネーション。岡林たちとも行くの？」

「な、」

なんで知ってるのか聞こうとしてやめた。香菜の声は大きい。きっとお昼の私たちの会話は駆に筒抜けだったに違いない。

「う、うん。誘われたからね」

「じゃあ俺とは行かないってこと？」

湿度の低い駆の声が届いて、駆の顔をうまく見られずうつむく。

どういう意図で訊ねているのだろう。

駆が行くなと言ったら……？　私はどうする？　心臓が早鐘を打ち始める。

「ううん、駆とも行くよ！　楽しみにしてるし、素敵なところは何度行っても楽しいし！」

「……でも恋人できるかもしれないんだろ？　トリプルデートって聞こえたけど？　そしたら俺とは行かないほうがいい」

いつもはゆったりとした駆の口調が、駆け足に聞こえる。

身体に入りこんだ風が冷たく凍って、鼻孔がつんと痛む。

「うーん、恋人にはならないと思うよ。私恋人が欲しいわけじゃないし」

重い空気を振り払うように、明るい声を出す。

「じゃあなんで行くの？」

駆はついに足を止めた。私も彼に向き合わざるを得ず、重い足を止める。

「えー？　だって断われなくない？　私のために言ってくれてることだし」

駆の真剣な声音から逃れるように、私は空笑いを浮かべる。

向き合うのが怖い。

彼が空気を読んでくれることを期待して時間が過ぎるのを待つ。

「行きたくなければ断ればいい」

だけど駆はさらに突きつけた。

「絶対行きたくないわけじゃないし……それに断れないよ」

形容しがたい沈黙が場を包み、たっぷりと間を空けてもう一度駆を見る。

駆は笑ってくれず、表情は硬いまま。私が行きたくないと思っていることなどお見通しで、ごまかすことを許してくれない。

「そんなことも断れない友達って必要？」

鋭い言葉が私を貫く。貫かれた胸を冷たい風が通り抜けていく。

「……駆は断るの？」

「断るよ、嫌なことは」

強い瞳が私を射貫く。

駆は私と似ているけど、決定的に違う。

駆は空気を読むのが得意でうまく立ち回るけれど……絶対に逃げない。今もこうして私にまっすぐ向き合ってくる。

「これはおせっかいだけど。岡林たちといるより玲奈といるほうが雫も楽しいんじゃないの？」

かあと顔が熱くなる。

……本当に、本当におせっかいだ。

たしかに美術の時間、山本さんといて楽だ、楽しいと思った。香菜と友梨といると苦しいことがある。駆の言うことは客観的に見れば正論なのかもしれない。

だけど今三人組から飛び出て山本さんのもとに行けば、好奇の目に晒されるに決まってる。それに山本さんと仲良くできる保証なんてないし、山本さんも私が来るのは迷惑かもしれない。

しばらく一緒にいて違った、と思っても遅い。

私の戻る場所はなくなる。

　私たちはいつだって薄い氷の上にいるみたい。ひび割れて落ちないように慎重に過ごすこの気持ちを……駆はわかってくれないんだ。

「あはは、そうかなあ？　たしかに山本さんとは美術の時間よく一緒になるしＬｅｔｔｅｒの話でも盛り上がったけど。他の話も合うかはわからないよー」

　とげとげしい言葉が飛び出そうになるのをこらえて、なんとか柔らかい声を出してみる。柔らかいというよりバカみたいにへらへら笑って。

　だけどきっとごまかせない。駆にはきっと愛想笑いも全部ばれてしまう。仮面を剥がされたらどう振る舞えばいいかわからない。

「玲奈は自分持ってるし一緒にいて楽だと思うよ。Ｌｅｔｔｅｒの話も合うし。雫もＬｅｔｔｅｒの話だったらどれだけでもしゃべれるって言うじゃん。絶対話尽きないって」

　駆はやっぱり笑ってくれなくて、私を決して逃がしてくれない。

　上がった体温が急激に冷めていく。頭の中が黒く染まっていく。

　私は自分がなくて、表面だけ人に合わせている薄っぺらい人間。そんな私のことを駆も本当は呆れているんだ。

「……それなら駆も私じゃなくて、山本さんと小説作ればいいんじゃない」

凍ってしまった心からポロリと雫が垂れた。

零れた言葉は〝不正解〟で、決してぶつけてはいけない言葉だ。

「……なんだそれ」

駆から知らない声が聞こえた。

駆がどんな表情をしているのか、確認することが怖くて咄嗟にうつむく。自己嫌悪から来る焦りで、唇から言葉が溢れる。

「山本さんとでもきっと作れるよ。山本さんのハンドルネーム教えてもらったけど、どれも素敵な作品だったし。山本さんは自分持ってるんでしょ？　私よりうまくいくんじゃない」

言葉が止まってくれない。

めちゃくちゃだ。こんなこと言うつもりなかった。

感情がぐちゃぐちゃで、怒りと焦りと恥ずかしさと、それから嫉妬と。

全部かきまぜられて精査できない感情が冷たい言葉に変わっていく。

「それ本気で言ってる？」

「うん」

駆の声は明確な怒りだった。

「そう。じゃあもういいわ」

聞いたことのない冷たい声が降ってきた。地面を睨み続けていると、私のほうを向いていたスニーカーが離れていく。

「あ……」

呟いたときにはもう遅い。

駆の背中が先を進んでいくのが見えた。足早に遠ざかる背中は寂し気で、傷つけてしまったことを知る。

追いかけて謝ろう。

言ってはいけないことを言った。

どうして駆と小説を作ることになったのか。彼がなぜ小説家になりたいと思ったのか、それを打ち明けてくれたのに。

早く謝ろう、今ならまだ間に合う！　走って追いかけて！

頭の中で鳴り響く。心の内では大きな声で叫べるのに。

足の甲には重いものがへばりついていて一歩も動けない。手を伸ばそうとしても、身体は爪先まで強張っていてぴくりとも動かない。呼びかけたくても、喉はつかえてぎゅっと締まっている。

駆の背中はどんどん小さくなって、一度も振り返らないまま、やがて姿は見えなくなった。

視界から完全に消えて、金縛りがとけたように地面にへたりこむ。

冷たい冬の地面が私の身体を冷やしていく。

私はしばらく動けずに、座りこんでいた。

＊＊＊

私と駆の〝オトとキイの物語〟は終わってしまった。

次の水曜日、駆は図書室に現れなかった。

週末の約束と水曜日の図書室がなければ、私たちはただのクラスメイト。

ｋｅｙの投稿も止まっているし、ｃｌｅａｒも恋の話は二度と書くことができない。

イルミネーションの約束もこのままきっと自然消滅だろう。

謝らなければいけないって、わかっているのに駆の冷たい声を思い出すと、小さな勇気も出なかった。次にあの瞳と声を向けられたら、心の柔らかいところすべてが凍って粉々になりそう。

好きな時間が二つ消えて、嫌いな時間だけが増えていく。

嫌いな時間一つ目は、未来の恋人の話をすること。

この一週間、香菜と友梨の話題は私の恋人候補についてもちきりだった。二人は今回私に紹介する候補たちと顔見知りらしい。

「ユウゴくんは？」「ケンくんのが合いそうじゃない？」「ユウゴくんはちょっとちゃらいよね」と私のことなのに、私の知らない話で盛り上がっている。

私はもうユウゴくんだろうがケンくんだろうがどうでもよかった。このまま二人の考えた人と付き合う、もうそれでもいいかもしれない。

彼氏ができれば、その人の一番になれるかもしれない。そしたらもう少し肩の力が抜けるかもしれないから。

嫌いな時間二つ目は、お父さんと会話をすること。

この一週間お父さんは毎夜早く帰ってきた。

お母さんは壮太の送迎で不在か体調不良だと部屋にこもる。必然的に夕食の時間、お父さんと二人で会話をすることになる。

お母さんのように愚痴を言ったりもしないし、離婚についても触れない。私の学校についてぽつぽつ訊ねてくるくらいで、普通の優しいお父さんだ。

浮気をしているなどとても思えなくて。

お父さんを信じたい気持ちのときもあれば、浮気をしているくせに平気で娘としゃべるだなんて気持ち悪い、不潔、最低だと軽蔑するときもある。

相反する気持ちがグチャグチャと私をかき乱していく。

私に話しかける理由が罪悪感ならば、しゃべりかけないでほしい。父親としての義務感なのか、もうすぐ家族が終わってしまうから最後の名残惜しさなのか。

質問をしてくるのも私に興味があるからではない、それだけはわかる。だからみじめだった。

一番嫌いだった時間〝両親の喧嘩〟は、二人が顔を合わせなくなって自然と消滅した。

代わりに新たな一番が誕生した。

それはお母さんと二人きりの時間。

お母さんは今頭の中がお父さんの不倫で占められていて、私と二人きりになるとその話をしたがる。

板挟みになった私は常に混乱していた。できるだけ頭に残らないようにやり過ごすけど、自室に戻ると強い吐き気に襲われる。

聞こえているものを聞こえなかったことにするなんて無理な話で、愚痴が全身に染みついて重くのしかかっていた。

二人に離婚してほしくない。

だけどここから抜け出すにはそれしかない。

ただこの日々から解放されたかった。

「駆、来なかったな……」

肩を落とし一人帰宅する。

駆が来ない水曜日の図書室はいやに長く感じた。

駆が来ない。

それはある程度予想していたこと。だけどそれが現実になると、想像していた以上に大きな衝撃だった。

先週のことがなかったみたいに図書室に現れて、いつもと同じ笑顔を見せてくれることを期待していた。委員の時間ずっと待ち続けていたが、とうとう現れなかった。

自分から謝れなかったくせに駆の優しさを期待するなんて最低だ。

なくして初めて気づく、駆との水曜日だけが今の私の支えだったのだと。

それを自分で壊した。

なんて馬鹿げた行動だったのだろう。

駆との時間は一番なくしてはいけないものだったのに。

他の〝正解〟を求めるあまり、自分にとって一番大切なものを見失って壊した。

人に合わせていればうまくいっていたはずなのに、どうしてこうなってしまったのだろう。

＊＊＊

七時前。とぼとぼと家に帰るとお母さんの車が停まっているのが見えた。今日は壮太の練習はない。リビングにはお母さんがいる。

全身スライムに包まれたみたいに私の身体はべっとりと重くなる。

「ただいま」

「おかえり。もうご飯にするから」

「わかったー、手洗ったらいくね」

食卓にはお母さんだけが座っていた。お母さんと私のぶんだけ並べられた料理。食欲はなかったが、席に着かないわけにもいかない。

「壮太は？」

「お腹空いたって言うから。先食べて自分の部屋にいるよ」

「……そうなんだ」

壮太がここにいないということは、お母さんの愚痴の時間が始まるということ。目を落として、茶碗を持つ。咀嚼しているはずなのに、一向に箸は進まない。

今、嫌いな時間に耐えられる自信がない。駆が図書室に現れなかったダメージがずっと私をじゅくじゅくと抉っている。

もう体調が悪いことにして部屋に戻ってしまおう。実際、本当に気分も悪いし頭も重い。食事を中断して逃げようと口を開く。

「わた――」

「春に離婚しようと思うの」

硬い表情のお母さんの重大発表が打ち消した。

「え……」

「いろいろ考えたんだけどね。やっぱり裏切った人とは一緒に暮らせないから」

お母さんの迷いのない言葉に、さあっと血の気が引いていく。

ついにこの日が来てしまったのか。ガンガン、ガンガン。頭の中の音がどんどん大きくなっていく。

「それで雫は考えてくれた？　お父さんとお母さんのどちらについていくか」

「……」

「この家はお母さんがもらうつもりだし、お金のことは心配しなくても大丈夫」

お母さんが窺うように私を見る。

体温が下がっていて、見るものすべてが凍って見えるけど、目の前にいるお母さんの瞳だけはぞっとするほど熱かった。

……私にはわかる。お母さんは選んでほしいのだ、自分を。不倫したお父さんについていくわけない。自分のことを愛して、選んでくれると信じている。

お母さんの〝正解〟を選ばないといけない。

でも私は……本当はどちらかなんて選べない。

「……壮太は？　壮太はなんて言ってた？」

「壮太にはまだ言ってないわ」

「離婚のこと？　不倫のこと？」

「どっちも。あの子は今大事な時だし繊細だから。傷ついちゃうでしょ」

お母さんは首をかしげて至極当然といった様子で答える。その言動がナイフのように私の胸をえぐる。

「雫と違って壮太はお母さんがいないとどうしようもないし。だからもちろんお母さんのほう」

「あ……そうなん、だ」

口端が痙攣《けいれん》して、ほとんど言葉にならない。

「雫はしっかりしてるから。子どもの意思を大切に、って聞いたの」

私のためだと言いたげにお母さんは微笑んだ。

——お母さんは壮太のことは選ぶんだ。私のことは選んでくれないのに。

何か答えなくては。

そう思うのに、唇はまったく動かない。

そんな私に気づいているのか、いないのかお母さんの目が期待に濡れている。選べるはずがない。

それでも私は言わないといけない。

『お母さんと一緒がいい』って。

お父さんよりもお母さんが大切だと言わなくては。

だけど私だって言ってほしかった。

雫は絶対に離れないで、一緒にいたい、と。

私のことを選んでほしかった……！　お母さんに必要だと思ってほしかった……！

「……私、お母さんについていくよ」

かすれた声は、きちんと正解を選んだ。

目の前のお母さんはほっとしたように微笑んでいるのに、私の胸はぽっかりと穴が開いている。

強引に連れ去ってもらえないのなら、お母さんにとっての正解を選ぶ。これでよかったのだ。

「それでね、慰謝料を請求するには証拠を集めないといけないらしいのよ」

お母さんは私を味方判定したらしい。

軽い口調で生々しい話を始めた。

私はこの場を去るための言葉を発する力も残っていなくて、うなずいて見えるように顔をわずかに動かすことしかできない。

「再来週ちょうど壮太の遠征があるの。その日にお父さんたちデートをするんじゃないかって思ってる。でもその日はお母さんどうしても遠征の手伝いに行かないといけなくて」

続く言葉が想像できる。だけど、気づきたくない。

「雫、証拠を撮ってきてくれない？　相手の女の住所はわかってて、きっとそこに行くと思うから。お父さんが出かける前にそこでちょっと張っててくれれば写真が撮れると思うの」

「私にできるかな、そんなこと」

「できるわよ。雫はきちっとしてるから。大丈夫よね？」

期待を込めた瞳を向けられて、なんとか顔を縦に振る。

「……うん、大丈夫」

お母さんのことを選んだなら、この先ずっと正解し続けないと。

私も笑顔を返そうとしたが、口を歪めることしかできなかった。お母さんは私の表情の変化には気づかない。

「ごめん。今日はあんまりお腹空いてないかも」

あれだけ咀嚼したはずなのに、料理は驚くほど減っていなかった。これ以上食べ進めることはできない。

「そう。明日に残しておく？」

今日のお母さんは食事を残しても咎めることはしなかった。

「うん、明日食べるから、ごめんね。ごちそうさま」

「お母さんはお風呂入ってくるわ」

いつのまにかすべて食べ終えていたお母さんは、食器を持つと軽い足取りでキッチンに向かう。顔は晴れ晴れとしていて、重大な話を終えて一安心しているのだろう。

お母さんがリビングから立ち去ると、私は余った料理にラップをかけていく。すっかり冷えてしまった残り物を見つめた。重い足を引きずりながら冷蔵庫に皿を仕舞い、自分の部屋に向かう。

早くＬｅｔｔｅｒを見よう、すべてが黒に塗りつぶされる前に。

階段を登りながら、ポケットに入っているスマホを出す。メッセージの受信通知が届いている。

もしかして駆から……⁉　慌ててメッセージアプリを開いたが、香菜と友梨からのグループメッセージだった。

『雫に紹介するのやっぱりケンくんにしようと思う』

『雫のことかわいいって言ってたよ』

二人の会話に脱力する。メッセージには写真も添付されているが、こんな顔だっただろうか。何度か見たはずなのにまったく思い出せない。

『日にちは再来週の夜とかどうかな？』

提案された日時は、お母さんに指示された日だった。午前中にお父さんの不倫現場を押さえて、夜はトリプルデート？

「あはは……」

乾いた笑いがこみあげる。

愛の終わりを見届けたあとにデートなんてできる……？

他人の正解を選んできたはずなのに。

うまくやりたいだけなのに。

どうしてどんどん悪い方向に行ってしまうのだろう。それとも私がしんどくても、周りにとっての正解ならこのまま突き進むしかないのだろうか。

そうしたところで、誰かに必要とされるわけもないのに。

「何笑ってんの」

鋭い声が頭上から落ちてきた。見上げると、電気も点けずに階段の一番上で私を睨む壮太がいた。

笑《え》んでいた私の唇が固まる。壮太が私に話しかけてくるなんて珍しいが、今はしゃべる気力はない。

「わ、壮太いたんだ。びっくりー。なんにもないよ」

なんとか笑顔を絞り出した私は壮太の前を通り過ぎようとして——腕を強く掴まれた。

「な、何」

私の腕を掴む壮太の瞳は、湿気を含んでいて鋭い。彼の瞳に灯るのは怒り。

「俺、あの女にはついていかないから」

百七十を超える高い背が私を見下ろす。掴まれた腕がじんと痛い。

「え、どういうこと？」

「だから離婚するんだろ。俺は父さんのほうに行くから」

「は……？」

壮太の言った意味を飲みこむ。私とお母さんの会話を盗み聞きしていたことはわかったが、意味が理解できない。

「な、何言ってるの？」

「お前らは隠してるつもりだろうけど俺だってわかってるから、家の状況。ようやくあの口うるさいやつからも離れられるわ」

壮太は怒気を含んだ言葉を投げつけ、浅く笑った。

「……でも野球チームとかどうするの。お母さんがいないと……」

「どうとでもなるだろ」

壮太は鼻で笑うと、呆れを含んだ視線を寄こす。

……ならないよ。

声にならない怒りを飲みこんだ。

壮太はどれだけ恵まれた立場にいるのか全然わかってない。お母さんがどれだけ壮太のために尽くしているのか。

……そして、それを私がどれだけうらやましく思っているのか。甘えた考えが悔しくて唇をかみしめる。

「お前ら、こそこそして気持ちわりい。俺が気づかないと思ってんのかよ、バカにして」

「ちがう……お母さんは壮太を気遣って」

「そういう子ども扱いもうざいんだよ……！」

暗がりでも、壮太が怒りで顔を赤くしているのがわかる。その赤がうつり、私もふつふつとした怒りがこみ上げてくる。

どうしてわからないの？

お母さんに守られているくせに。

大切にされているくせに。

お母さんの一番なのに。

私が求めても手に入らない場所にいるのに。

なんでそれをあなたがわからないの。

私が一番欲しいものを持っているのに……！

「高校に入れば寮もあるし問題ねえよ」

「そういう問題だけじゃなくて……どれだけお母さんが壮太のために」

「そういうのがもううんざりなんだよ！」

壮太の怒号が私の身体を震わす。彼の怒りに当てられて私の頭も真っ赤に染まる。

「俺は求めてない。干渉もうざい、なんでも俺のせいにするなっ！」

壮太の叫びで、頭の中で何かがぱんと弾けた。

「壮太は……壮太は！　なんにも知らないくせに……！　そうやって甘えて自分が愛されてるって、恵まれてるって気づかずに！　なんで気づかないの……！」

思考が追い付かないまま、思いつくまま叫んだ。

だめ、言葉にしたらだめ。そう思うのに黒い感情が止まってくれない。

「なんにも知らねえよ、お前が言わないからな。へらへら笑って親の言いなりになって！　親の言うことならなんでもするのかよ、気持ちわりいな」

「壮太には私の気持ちわからないよ。私は壮太のためにたくさん諦めて、気遣って――」

「俺が頼んだことかよ。勝手に諦めたんだろ！　そうやって姉ぶられんの本当にむかつく。一つも頼んでないから。いいこぶりっこに俺を巻きこむな……！」

「壮太なんて、いなかったらよかったのに！」

身体の中に響き渡るほどの大声で叫んだ。

先ほどまで怒りに燃えていた壮太の瞳が揺らぐ。

――ああ、これは言ってはいけないことだ。

だけど、もう限界だった。

強く握られていた壮太の手を無理やり振りほどく。私は踵を返し、登ってきた階段を駆け下りた。

もうここにいたくない。

真っ赤になった頭がちかちかと点灯している。

こんな家、もう嫌だ……！

玄関に向かって足を進める。早歩きのはずが、ほとんど走っていた。

「何かあったの？　大きい声が聞こえたけど……」

洗面所からお母さんが顔を出した。目が合うが、すぐに逸らして玄関に走る。今お母さんとしゃべったら口から何が飛び出るかわからなかった。

「雫……⁉」

背中から追いかけてくるお母さんの叫び声に振り返らずに、私は家を飛び出した。

家を出たところで行く場所なんてないのに。この衝動をそのままにしておくことができなくて、私は走り続けた。

＊　＊　＊

「本当にどうしようかな」

最寄り駅のホームの椅子に座って私は呟いた。帰宅ラッシュの時間帯で降車する人が多く、人の流れをぼんやりと見続けている。

今の私はポケットにスマホが入っているだけ。防寒具もない冬の夜にはブレザーだけだと心もとない。

時刻は八時。制服を着ていてもまだ許される時間だ。電子マネーの残高もある。街まで出て適当に安価な服でも買って、今日はカプセルホテルにでも泊まろうか。

……高校生でも泊まれるのだろうか、無理かもしれない。

変に冷静な考えに笑ってしまう。

頭はまだ混乱しているが、家に帰る気はない。

私は人混みに紛れ、二駅分乗って街まで移動した。都会というほどではないが、市の中心駅で服屋やホテルもある。

改札を抜けてロータリーに出ると、まばゆいイルミネーションが目に飛びこんできた。

小さなイルミネーションスポットではあるが、ロータリーに生えている木々すべてに小さなＬＥＤが巻きつけられていて、大きくはないがツリーもある。

私はロータリー内にある公園のベンチに座ってみた。退勤したであろうスーツ姿の人たちは、イルミネーションには目を向けずに足早に駅に吸いこまれていく。

明るくて煌びやかな中にいると、自分がちっぽけでひどくみじめな存在に思える。

白い息が空中に消えて、冷たいベンチが下半身から身体を冷やしていくことに気づく。

そうだ、服を買わないと。

……でも買ってどうする？　ホテルに泊まれたとして今日を乗り越えても明日は来る。衝動的に家を出たところでどうしようもない。

どこに逃げたらいいのかもわからない。逃げる場所なんてない。

そう、私には逃げる場所がない。

そう自覚すると赤く燃えていた怒りが灰に変わり途方に暮れる。毎日嫌いな時間の繰り返しで、誰からも必要とされない灰色の日々。

ポケットの中のスマホが震える。――お母さんからの着信だ。バイブが途切れるとメッセージが届いた。

『どこにいるの？　バカなことしてないで早く帰ってきなさい』

メッセージを見て声を出して笑ってしまった。

お母さんは心配すらしてくれない。

お母さん、私ずっといい子でやってこなかった？

そんな私が感情のままに家を出るなんて、よっぽどなことがあったと思わないの？

……ううん、こんなの勝手な当てつけだ。

でも、心配もしてくれない。私の心情を理解しようともしない。必要とされていない。

愛されていない。

ああだめだ。心が黒に塗りつぶされていく。

いつもこんなときはどうしていた？

――そうだ、Ｌｅｔｔｅｒだ。

雑踏の中でＬｅｔｔｅｒを見ても、そこまで癒やされないことはわかっている。

それでも助けを求めるようにアプリを開く。タイムラインには好きな言葉が並んでいるから。

だけど――何も心に入ってこない。

それどころか文章が二重に見える。

ぼやけて揺れて、涙も出ていないのに視界がおかしくなったみたいにうまく文章を読めない。

同じような気持ちを探そうと黒色の投稿を見ても、何も感じない。共感もしない。

何度スクロールしても、何も。

「……やだ、なんで」

私はかじかむ手で自分の投稿画面を開いた。今の気持ちを吐き出そう、いつものように。文章にすれば荒立った感情も少しは楽になるはずだ。

【　　　　　　　　　　】

何も浮かんでこなかった。
打ちこもうと親指を動かすけれど、何も言葉が出てこない。
絶望の黒さえなかったみたいに。
私の心はぽっかりと空いてしまったままで、なんの色もなく透明だった。
どうしよう、どうして……？
考えれば考えるほど、混乱する。
何も出てこないことが恐ろしく、呼吸が速くなる。冷たく凍った親指を動かす。

【苦しい、助けて】

――ようやく打てた言葉は、それだけ。
苦しい、助けて。
私がどこにもいないの。
誰にも必要とされなくて、私も私が見えなくなっちゃった。
縋るように、私はその一言を投稿していた。

すぐに、ぴこんとハートが届き、さあっと身体の温度が下がる。

しまった、私の大切な居場所であるＬｅｔｔｅｒに生身の気持ちを投稿してしまった。

しかもこんな詩にも小説にもならないくだらない呟きを。震える手で投稿を消そうとして――

私は削除ボタンを押せなかった。

【苦しい、助けて】

それは初めて吐き出した本音。私の丸裸の気持ちはこんなにシンプルだったの……？

二つ目のハートが届く。誰かが共感してくれている。こんなどうしようもない呟きに。

苦しい、助けて。

気持ちの行く場所がわからない、苦しいよ。

スマホが震えて、画面に現れたのは着信画面だった。表示された文字は――

どうして電話を……？　まさか今の投稿を見たのだろうか、数秒悩んでから応答ボタンを押す。

「もしもし雫？」

会いたくて仕方なかった人。

切羽詰まったような駆の声が耳元に灯り、唇が震える。

ひどいことを言ってしまったのに、駆の声音は私を案じてくれている。

「どうした？　大丈夫？」

返事ができないでいる私に駆は優しく問いかけた。

いつもの私なら一呼吸おいて言えるはずだ。

『大丈夫』と言えばいいだけ。いつものように。私の口癖なんだから。

口角を上げて、目を細めて、明るく軽い口調で言えばいい。そうすれば誰も心配させないし嫌な気持ちにもさせせない。

駆は私に幻滅しているはずだ、これ以上迷惑もかけられない。

だから『大丈夫』って言おう。

言え、雫！　言うんだ……！

「大丈夫じゃない……」

それはずっと言えなかった言葉。

滑り出した呟きは、か細くて、痛いくらい剥き出しの産まれたまま。

「大丈夫じゃない。助けて、駆……」
喉の奥から声が零れた。小さな小さな叫び。
私は本当は強くなんかない。
いつも平気じゃない、大丈夫じゃない。
しっかりなんてしてない、いい子じゃない。
ずっと誰かに気づいてほしかった。
この痛みを、偽物の笑顔を、強がった私を。
誰かに助けてほしかった。誰かに言いたかった。
助けて、大丈夫じゃない。
「わかった、すぐに行く。今どこ？」
電話越しでも駆の声はあたたかく、力強かった。

第五章　白く輝く

「雫」

穏やかな声が降りてきて顔を上げると、そこには優しい笑顔があった。次に感じたのは暖かさ。駆が自分のダウンジャケットを脱いで、私に羽織らせてくれたことに気づく。

「こんな格好でいるなんてダメだよ」

「ごめん」

「泣いてるかと思った」

通話をしたときは、胸が押しつぶされそうに苦しくて、駆の優しさに縋り付いてしまったけれど、寒さや時間が頭を少し冷やしていた。

こうして駆に駆けつけてもらう必要なんてあったのだろうか。迷惑をかけてしまった。小さな後悔が芽を出す。

「私の涙腺は固いよ」

心配かけまいと、笑顔をアピールすると、駆も笑い返してくれる。

「そういえばそうだった」

喧嘩別れして一週間。いつもの私たちの会話が戻ってくる。駆がまたこうやって話してくれると思わなかった。

駆は私の隣に座ると、パーカーの大きなポケットから缶コーヒーとココアを取り出して私の手の上に載せた。その熱さが、手がかじかんでいたことを教えてくれる。

「どっちがいい？」

「……じゃあココアで。ありがとう」

「ん」

駆はコーヒーのプルを開けると口をつけた。私はココアを頬っぺたに当ててみる。

「あったかい。――ありがとう、来てくれて」

「おう」

「こないだはごめんなさい」

「俺も余計なこと言った、ごめん。今日も行けなくてごめん」

「ううん」

駆は缶コーヒーを飲みながらイルミネーションを眺めている。キラキラした光の粒が駆の髪の毛に反射する。一口飲んだココアが、胸をじんとあたためる。

「駆ごめんんね、寒くない？」

「全然。走ってきたから暑いくらい」

「そっか」

今夜の会話はあまり弾まない。だけど迷子にはなっていない。私が一本道をゆっくり歩くのを駆は待ってくれている。

「……弟と喧嘩しちゃった」

「弟？　それは意外」

声はわずかに揺れた。駆が目を丸くしつつも穏やかな声で反応してくれるから、話を続けられる。

「だよね。そもそも弟とあんまりしゃべらないんだ。今ばちばちに反抗期なの」

「中二だっけ。だろうな」

「駆も反抗期あった？」

訊ねると、駆は視線をイルミネーションに移して目を細めた。

「俺は中学のころ、啓祐のことがあった時期だったから反抗期はなかった、むしろいい子すぎたな」

「想像がつく」

「そんで？」

続きを促すように駆が私を見た。初めて家族のことを誰かに話す。

「うち、離婚の危機みたい。お父さん浮気してたんだって。お母さんは許せないみたいで、まあそりゃそうだよね」

「お母さんは、な」

「うん、そう。お母さんは。私は実はよくわかんない。本当か信じ切れてないとこもある。親のそういうの知りたくないよね、はは」

「うん」

覚悟を決めたはずが、話しているうちにまたへらりと笑ってしまった。代わりに駆が真剣な顔をしてうなずくから、私の喉がぎゅうと締まる。

「お父さんには家族より大事な浮気相手がいるんだろうし、お母さんは弟さえいればいいし、弟のことは怒らせちゃった。私はいらないみたい、へへ」

「……」

「弟は何も知らなくてずるいって思ったけど、弟はそれが嫌だったのかなあ。ほとんどしゃべらないんだけど、今日は弟もイライラしてたみたいで、私もカチンときちゃって。でも弟が言うことも正論で、八つ当たりしちゃったとこもある」

矢継ぎ早にしゃべってからココアを一口飲む。一気にしゃべって喉がカラカラだった。甘さが喉にべったりと張り付く。

「最近全部うまくいかないんだ。空気読んで行動してるはずが、正解を選んでるはずが、糸が絡まるみたいにこんがらがっちゃって」

うまく話せている気がしなくて、どんどん早口になってしまう。駆の顔もうまく見られずうつむく。

「岡林たちの件も？」

「うん、まあそうかな。二人の彼氏は友達同士なの。だから輪に入れない部分があって……勧められるままに恋人作ろうとしちゃって。最低だよね、相手にも不誠実だったと思う」

「まあそれはそうだな……。本当に雫のこと好きなやつも落ちこむと思うし」

「私のこと好きな人なんていないんだけどね」

自虐的なことばかり言っては笑ってしまう。打ち明けようと決めたのに、愛想笑いを続ける私はなんて情けないんだろう。

駆は心配してここまで来てくれたというのに。

不安になって顔を上げると、駆はイルミネーションに目線を戻し、じっと何かを考えている。……きっと困らせてしまっている。

「ごめんね、つまんないことで呼び出しちゃって。さっきはなんでかわからないけどこの世の終わりってくらい落ちこんじゃってた……はは。でも駆が来てくれて元気が出たよ、ありがとう。寒いし帰ろっか。私ダウンも借りちゃってるし」

こんなくだらないことで夜に駆を走らせてしまった。罪悪感から逃れるように口角を上げる。

「その顔やめろ」

駆の強い目がまっすぐ私を捉えた。

この瞳を知っている、先日の帰り道と同じだ。目の前のものから逃げない瞳。

駆の右手が伸びてきて私の両頬を掴むと、間抜けなひょっとこ顔ができた。

「いはい。ひゃにひゅるの」

「こっちの顔のほうがまし」

駆は私の顔を覗きこんで、にやりと笑った。

「んん？」

「雫の言う〝糸がこんがらがる〟ってさ、雫が自分でぐるぐる巻きにしてるとこあるだろ」

「ひぶんへ……？」

「もっと単純に考えてもいいってこと。俺も空気読みがちなとこあるけど、雫はさらに心の奥まで読もうとする。今、俺のことも困らせてるとか思ってただろ」

素直にうなずくと、駆はいたずらな笑みを浮かべる。

「残念、それは不正解。俺はどうやってこの口を割らそうかな、どうやったらもっと本心を言ってくれるかなって考えてた。な？　他人の心の奥なんてわかんないだろ」

私のとがった唇を見て駆は朗らかに笑う。至近距離で顔を見られていることに今さら気づき、顔をそむけると、駆は両手で私の頬を挟んだ。

「雫の本音教えてよ。前に俺が見た下書き保存されていた本音を。雫っていい子ちゃんして肝心なこと何も言わないけど、実は心の中ではおしゃべりじゃん」

駆のゆったりした声が耳たぶを優しく震わせ、頬に触れた両手の温度が全身を巡っていく。

「…………っ」

ようやく駆の手が離れた。頬がひりひりと熱いのは掴まれたからではない。

「声に出さなくてもいいから。下書き保存した言葉、見せてよ」

喉に言葉がつかえて、出てこない。

いつだってうわべの言葉はすらすらと出てくるくせに、心の中では細かいことを考えているくせに。本音だけ鍵をかけている。

「……あれは本当に汚くて、みっともなくて」

「でもそれが本音ってもんだよ。誰だってそう。きれいな感情だけじゃない、みんな」

駆の視線が私の膝に移動した。膝の上に乗せたスマホ。眠った言葉たちがここにある。

「ほんとは俺、啓祐の話は誰にも言うつもりなんてなかった。小説家になりたい事情を雫に話すつもりもなかったし、あの時点では諦めてた。どうせ俺には無理だって。俺は啓祐になれないし、本当は怖かった。だけどあのとき雫の150文字を読んで、正直かなり救われた。過去の俺が」

駆は身体ごと私と向きあって、笑みを深めた。

「雫の本音が俺を変えたんだよ。雫の想い、聞かせてよ。話すのが苦手なら雫の方法でいいから」

「私の方法……」

私たちの手の中にあるスマホ。

うながされるように、浮かされるように、私はＬｅｔｔｅｒを開いた。

Ｌｅｔｔｅｒに保存されている、百を超える下書き。これは偽物のピンクの話でもない。〝オトとキイの物語〟でもない。

私の、瀬戸雫の、リアルな150文字だ。

「こんなに保存してたのは、誰かに知ってほしかったからじゃないの？」

はっとして顔を上げると、駆が深くうなずいた。

書いたものの投稿できなかった150文字たちがここに眠っている。

削除じゃなくて下書き保存していたのは。本当は誰かに知ってほしかったから……？


Ｌｅｔｔｅｒの下書き一覧を開く。

一番直近に保存した話は、黒色だった。塗りつぶされた黒の感情。すべてが塞がるほど苦しい黒。

「こんな暗い文章、誰かを嫌な気持ちにさせない？」

「誰かへの攻撃じゃない、大丈夫。ｃｌｅａｒさんの、雫の言葉は誰かを傷つける言葉じゃない、きっと誰かを救うよ。あの日の俺を救ったみたいに」

不安が内包された私の声を、駆が泰然と肯定する。

数秒だけ悩んでから、黒色の背景をした投稿画面を駆に見せる。

【家族、学校、いろんな組織があっていろんな人がその箱を構成してる
あの子は、一番大きな柱
あの人は、原動力となる大きな歯車
あの子は、箱を美しく彩る装飾
その中で私は、代替可能な小さなネジだ
私がなくなったところで箱は壊れないし、そもそも誰にも気づかれない

小さな不必要なネジ】

「暗くない？」

「暗い。――でも、俺は好き。俺もわかるからこの気持ち。俺だけが黒い気持ちを抱えてるんじゃないって安心できる」

駆は正直な感想を述べて、白い歯を見せた。

知らなかった。駆でも、こんな黒の感情を抱くこともあるんだ。

でもそうだ。私も今までＬｅｔｔｅｒを読んで、励まされてきた。

誰かの想いを知って、同じ気持ちの人がいることに救われた。

一度目を閉じて、大きく息を吐く。スマホをぎゅっと握りしめる。指はかじかんでいて、凍ったみたいだ。

そのとき、手に温度を感じた。

目を開けると、私の手に駆の手が重ねられている。見上げると茶色の瞳が私を映し出している。手に温度が戻り、肩の力が抜ける。

「大丈夫」

駆が手を離しても、指先はあたたかいままだ。

「うん」

意を決して、投稿ボタンを押した。

初めて黒の感情を吐き出した。嘘偽りない、お腹に溜まり続けた感情を。

「次は水色。さっきと似てるけど、もう少し寂しさが強いかもしれない」

下書きから、投稿する。

【必要な歯車になれないなら、せめて潤滑油になりたかった
この小さな家族という箱を永遠に続かせることができるように、
大切な歯車を守るために
だけど、噛み合わない歯車たちは外れていってしまって
必要ない私だけがここに残っている
私は歯車がないと、なんの意味も持たない
透明で、無価値な私】

あいかわらず暗い文章だけど、紛れもなく私の気持ち、寂しさ。

その感情が手から離れていく。

駆が自分のスマホでＬｅｔｔｅｒを開き、隣で投稿を見届けてくれる。それに安堵して、次の下書きを開いた。次の色は赤。

【緑から変化した赤が、燃える　真っ赤にたぎる
穏やかで爽やかで心地いい緑のままでいたかったのに
君があの子と話すところを見た
それだけで広がった緑が簡単に燃やされていく
緑が燃えてしまうなら、もうこの感情ごと灰にしたい
燃え盛った心が怖い　こんな醜い私を知りたくなかった】

これを投稿するかは、少し迷った。
だってこれは紛れもなく、駆への感情だから。
今まで感じたことがなかった赤。
怒りでも焦りでもある真っ赤な嫉妬。きれいじゃない、醜い感情。
それでもこの感情は最近大きく膨らんでいて、無視できない。
これも私の本当。
気づきたくなかったけど、私にはこんな色もある。
駆には正直知られたくない色だけど、私は投稿ボタンを押した。
投稿するたびに、そのときの感情が蘇る。

……本当だね。私、本音を隠しているくせに心の中では結構おしゃべりなんだ。しっかり者で優しいと思われていても、本当は弱くてマイナス思考で、心の中では毒づいていたりする。

それが本当の私。

ずっと下書き保存してしまっていた、自分自身を。

気づかないふりをしていた、自分に生まれた色を。

次の下書きの背景は黄色。

【自分勝手で自分中心で自分大好きな君がむかつく
だけど太陽みたいに明るい君の引力に惹きつけられていく
どっちでもいいよって顔しておいしいところは譲らない君がむかつく
だけど月みたいに穏やかな君は涼やかで憧れる
私が君だったら、君になれたら
誰かの一番になれたのに】

嫉妬と憧れが入り混じった本音。あんなふうに、彼女たちみたいになりたくてなれなかった私。

一緒にいて苦しくて大好きで苦しくて。友情の黄色はレモンみたいに爽やかじゃない。濁った黄色は茶色に近いかも。でもこれが私の本当の黄色。

次に開いた下書きは、緑の背景だ。緑色なんて珍しい。どんな感情を綴ったのだろうかと思い出していく。

【ラメがふんだんに使われたゴールドとベルベット素材のレッド
ツリーに咲くベルとリボンは小さな頃からの憧れだ
きらきらしていて、ちょっとお姉さんで
背伸びしてた七歳の私に久しぶりに会えたんだ
あの頃から夢中なビーズやマスコットも手のひらに包んで
ここには私の宝物が詰まってる】

ああ、これはシンプルにクリスマスマーケットで見た風景だ。

きれいなものを美しいと思う、穏やかな気持ち。瞼を閉じると、あの日の煌めいたツリーたちが柔らかく光る。

醜いだけじゃない、澄んだ感情だって私の中にちゃんとある。

大嫌いで仕方なかった私の感情の中に、好きだと思う感情がある。

「あれ……」

目からぽろりと涙がこぼれ出る。

頬を流れるあたたかいものに驚く。何年も見ていなかった涙。

今まで心を揺らしたくなくて。平気だよって言い聞かせて、感情を下書き保存していた。それが防波堤のかわりになって、涙をせき止めていた。

隠していた感情を投稿するたびに、私の感情を手放すたびに、涙が溢れていく。

「う……ぁ……」

溢れた感情が喉から出てくる。

涙になってこぼれ落ちていく。

私が何度も殺した想いはまだ生きていた。

言えなかった言葉たちは、ここに生きていた。ちゃんと私の感情は私の中にいてくれて、存在している。

たくさんの色が溢れてきて、私はもう透明じゃない。

私を無色にしていたのは他でもない自分だった。

涙が次から次へと溢れてきて、次に滲んだ視界に現れた背景はピンク色。

【君といるときの僕が一番すき

無理に口角をあげなくてもいいし、変に声を高くしなくてもいい
ありのままの僕がいて、君が僕の言葉を受け入れてくれる
誰かと一緒にいるといつもどうしようもなく疲れる
君といると、一人でいるより解放されていて
二人でいることがうれしいんだ
君が好きだよ】

あまり飾っていないシンプルな150文字のピンク。

このピンクは偽物のピンクじゃない。これは駆への想い。

オトでもキイでもなく、私から駆への、シンプルな恋する気持ち。

スマホではなく駆を見つめる。私の投稿を無言で見守ってくれていた駆が私と向き合う。

うっすらと涙の幕が張った瞳に見つめられると、保存されていた桃色の感情が身体の中を飛び回る。

「どうした?」

「次で最後の投稿だから……」

駆が目元を緩ませると、目尻に涙が溜まった。

「投稿できそう？」

「うん……投稿するね」

この気持ちは投稿したい。

私の感情の中で、一番好きな色だから。

駆といるときの私が一番好き。

シンプルな私でいられる。

まっすぐに言葉を紡げる。

優しい気持ちでいられる。

淡い穏やかな色。

「これで終わり」

百を超える下書きをすべて投稿した。

一体どれほど時間がかかったのだろう。涙で頭はぼうっとするし、寒空の下で長時間座っていたから身体も、手の中のココアもすっかり冷めきっている。

だけど、不思議とあたたかい。全身の力が抜けて、ベンチに身体を預ける。

今までずっと仮面を作り上げていた。

誰かに求められる私になろうと思って。

そうすれば一番になれなくとも、誰かに必要としてもらえるから。

本音を塗りつぶしているうちに自分自身がわからなくなった。

……だから仮面を剥いだら、そこには何も残らないと思っていた。

だけど全部剥がれたら、ぐしゃぐしゃに泣いている私が現れた。

瞼が重くて、目はいつもの半分以下の大きさかもしれないし、鼻は赤くて鼻水もたれているかもしれない。

それでもいつものへらへらした顔より、自分のことを悪くないと思える。

「俺、ほんとうに雫の言葉が好き」

ずっと隣にいてくれた駆の目は赤く染まっている。

「……ありがとう」

私は一言、口に出すのが精いっぱいだった。

好きという単語に胸を締め付けられＬｅｔｔｅｒに目を戻すと、タイムラインは私の言葉と色で埋まっていた。

私の、私の一部が誰かに届く。それは本当は怖いことではなかった。

「ありがとう」

私はスマホを抱きしめて、どこかの誰かに呟いた。

誰かが受け取ってくれるかもしれない。

……私の言葉は、誰かに届いているだろうか。少しでも誰かに寄り添えているだろうか。

ううん。本当は、こうして気持ちをただ受け止めてくれる場所があるだけで十分だ。私がＬｅｔｔｅｒで言葉を保存し続けていたのは、誰かに伝えたかったからだけじゃない。

自分の中に生まれたこの気持ちを、殺したくなかったから。

私自身が、私の感情を知ってあげたい。本当は自分の感情に嘘をつきたくなかった。だからこうして下書き保存し続けていたんだ。

本当は誰にも届かなくてもいい。

私にはたくさんの色が溢れている。

きれいで澄んだ色も、醜く濁った色も。

恥ずかしくないし、どれも私の一部だ。

すべての色を、私が、私自身が、知るだけでいい。

これからも嫌いな時間も灰色の日々も大きくは変わらない。でも、もう自分に嘘はつかなくてもいい。

そう思うだけで、目の前の景色がすっきりして見える。涙を指で拭えば、澄んだ冬の夜にイルミネーションが煌めいている。

「泣いてる雫さん。どうですか、俺の肩貸せますけど」

駆がからかうようにいたずらに笑うから、駆の肩に自分の頭を乗せてみる。

「ではお邪魔します」

「えっ、素直」

自分から提案したくせに駆は目を丸くした。

「ひどい顔してるよね」

駆の動揺が触れた肩から伝わってきて、どぎまぎしながら話を変える。

「まあな」

「でもいつもの顔よりいいでしょ」

「んー？　俺の前では前から雫いい顔してたけどな」

「えっ」

「……ありがとう、本当の雫を教えてくれて」

顔を上げると、驚くほど近くで視線がぶつかった。茶色の瞳はきらきらと光る。

駆の瞳の中に私がいる。身体の奥から熱いものが溢れてきて、それは涙に変わり次から次へと溢れていく。

嘘偽りない私らしい私を駆は受け止めてくれる。こうして、隣で。

「も、やだ。涙とまんない」

涸れるほど泣いたと思ったのに。数年分の涙が決壊したみたいだ。止まらない涙を隠すように駆の肩に顔をうずめる。

「泣いてもいいよ」

「そういうこと、言う……」

子どもみたいな声は嗚咽に変わり、涙は駆の肩を濡らしていく。ぎこちなく私の頭に大きな手が添えられた。

イルミネーションに輝く空の下で、私はまっさらになって泣き続けた。

＊　＊　＊

深呼吸して、玄関の扉を静かに開ける。

廊下もリビングも明かりはなく、一階には誰もいないようだった。

そろりと靴を脱ぎリビングに入る。静まり返ったリビングに安堵し、階段に行こうとすると、ぱっと二階の電気がついた。心臓が跳ね上がり私の鼓動と連動するかのように急いた足音が近づいてくる。

「雫！」

お母さんが転がるように階段から下りてきた。先ほどまで凪《な》いでいた気持ちがすぐに波打つ。

「どこに行ってたの！」

静寂を破る鋭い声が響いた。

肩がびくりと跳ね、反射的に目をつむる。

「ごめんなさい」

「心配したのよ！　……もう」

次に続いたのは、穏やかな声だった。恐る恐る目を開けると、暗がりに浮かぶお母さんは眉が下がり、瞳には心配の色がありありと見えた。

自分にそんな表情を向けられるとは、思っていなかった。

「ごめんなさい」

「離婚の話のせい？」

お母さんが放つ言葉はストレート。だけど、このストレートさは糸をぐちゃぐちゃにしないのかもしれない。

だから私もお母さんの目を見て毅然とうなずいた。

お母さんはハァと息を吐くが、呆れや怒りは含んでいない。じっと口を結び、次の言葉に悩んでいる。頭に浮かんだことをそのまま声に出すいつもの姿はない。

「二人が離婚するのはもう仕方ないとは思ってる……。私にはわからないこともあるし」

喉がぐっと締まり、目頭は勝手に熱くなる。

泣くな。

そう思うのに、一度自分の気持ちに素直になったら涙は勝手にこぼれる。

潤んだ視界の先のお母さんの眼差しは真剣そのもの。

お母さんに自分の気持ちを伝える。当たり前のことのはずなのに、何年もできていなかった。

伝えようとしても、喉がつかえて声が出ない。

ぎゅっと目をつむると、駆の声が聞こえた気がした。

『雫は自分自身でぐるぐる巻きにしてしまってる。人の心の奥まで読んでしまう』

目を開けると、お母さんは変わらずに私を見つめていた。

どれだけ心の奥を読んでも、相手の反応はわからない。それと同じで、私の心の奥も伝えなくては、わかってもらえないままだ。

本当の気持ちを言うのは怖い。

だけどこれ以上、糸を絡ませたくない……！

私は大きく息を吸う。震わせながら口を開く。

「私あんまり知りたくないんだ、大人の事情を。ごめんなさい。お父さんが出かける件、協力できない。見たくない！」

お母さんは目を丸くして私を見つめている。

「…………」

「私はお父さんもお母さんも、大好きだから」

言葉にすると、単純だ。

この家を終わらせたくなくて、私を必要としてほしくて。

胃が痛くても家族の潤滑油になりたかったのは全部、家族が好きだから。だからこんなに苦しい。

ぐっと喉に力を入れると、それは嗚咽に変わり、私は幼い子どもに戻ったように声を上げて泣いた。身体の力が抜け床に座りこむ。

「……ごめん。雫のこと頼りすぎてた」

お母さんの熱が私を包んだ。

長時間外にいて冷えた身体にぬくもりが広がっていく。

こんなふうに抱きしめられたのは、いつぶりだろう。

「雫はしっかりしてる、強いって勝手に決めつけてた……。でも、そうだよね。わかってあげられなくてごめん。だから、雫の気持ちを教えてほしい」

「……私、本当は強くない。全然、だめなんだよ」

もう一つ本音を零すと、さらにぎゅっと抱きしめられる。子どものようなわがままを言っているかもしれない。

だけど次々と本音が零れだす。

「私、選びたくない。お母さんとお父さんのこと、選べない」

「うん」

「それに、お母さんが私のことを選んでくれないのも嫌だった。私も壮太みたいに選んでほしかった……」

「うん」

私の本音にお母さんがうなずく、きちんと会話ができている。お母さんにわがままを言ったのも何年ぶりだろう。

「私の話も聞いてほしい。私に興味を持ってほしい」

「うん」

顔を上げると、真っ赤な目をしたお母さんと目が合った。

こうやって注目してほしかったんだ。

私のことを見てほしかったんだ。

「雫の負担になっていたこと気づかなくてごめん。もう十六歳だし、雫は大人びてるから……こういう大事な選択は親のエゴじゃなくて、子どもの気持ちを尊重して自分で決めたほうがいいって聞いて……本人に選ばせてあげないとって思ってた」

お母さんは表情を歪ませて吐き出すように語る。

お母さんも心の奥を見ようとしたんだ。

私が自分の気持ちを言わなかったから、お母さんに伝わっていなかったんだ。

「お母さんも雫と一緒にいたいに決まってるよ。雫と離れて暮らすだなんて本当は嫌だ。だけど、雫の負担になりたくなかったし、雫に選んでもらえてうれしかった。ひどい選択をさせてごめん」

「これからはちゃんと言うようにする。だから、話を聞いてほしい」

「うん。話してくれるとうれしい」

私を抱きしめるお母さんの声も涙で濡れている。私は子どもの頃のように全身をお母さんに委ねて、ただ抱きしめられていた。私が泣き止むまでお母さんも、腕を解くことはなかった。

「……えっと、それじゃあもう寝ます！」

我に返ると照れてしまい、私は立ち上がった。

「……うん、おやすみ」

その声がひどく優しくて、私はまた泣いてしまいそうになったから足早に階段に向かう。

お母さんも気持ちを察してくれたのか、後ろから追いかけてはこなかった。

お母さんに言いたいことや、変わってほしいことはまだたくさんある。だけど絡まった糸をいっぺんにほどくことは難しい。今はこんがらがって、ぐちゃぐちゃになってしまったものを一つだけ解けたら、それで上出来だと思う。

階段を上がると、頂上に壮太が立っていた。

……また何か言われるかもしれない。

私とお母さんの会話はきっと聞かれているし、さっきはひどいことも言ってしまった。

二階まで上がり、壮太と目が合う。

壮太は眉間を寄せ、口をきつく結び、充血した瞳が私を睨みつけた。

「さっきは言いすぎた、ごめんね。ちょっと八つ当たりしちゃった。……壮太のこといらないなんて、本当は思ってないです」

「うん」

壮太の顔がわずかに和らいだ。それ以上何も発さず踵を返し、自分の部屋に戻ってしまった。壮太が何を考えているかわからない。

気持ちが沈んでしまいそうになるが、壮太の心の奥を読むことはやめた。今日はこれでいいや、自分の気持ちを伝えられたから。

喧嘩になってしまったけど、久しぶりに本音をお互いぶつけられた。今日の私はきちんと本当の気持ちを言えたのだ。

自分の部屋の扉を閉めると、ポケットが震えた。スマホを取り出すと、壮太からメッセージが届いている。

彼からのメッセージは、頭を下げているスタンプ一つ。

「……なんだこれ、ふふ」

反抗期の彼の精一杯を感じる。

そうだよね、今日はこれくらいでいいよ、お互いに。私たち兄弟の距離は扉一つ分あっていい。

この勢いに任せて、もう一つこんがらがっている糸をほどきたい。直接顔を見て自分から切り出す勇気は、明日にはもうなくなっているかもしれない。

私はもう一度深呼吸して、香菜と友梨のグループメッセージを開き、親指を動かした。

『いろいろ計画してくれてありがとう。明日話したいことがあるんだ』

＊　＊　＊

「昨日のメッセージ何!?　意味深なんですが……！」

登校してすぐに香菜が私に飛びついた。あいかわらず声が大きいから私は周りを見渡す。朝の教室はざわざわしていて、私たちに目を向ける人は特にいなかった。

「ここではちょっと……」

「もったいぶるねー」

振り返ると、いつの間にか登校した友梨がにやりとしている。友梨の後ろに駆の姿が見えて、私は声を潜めた。

「少しだけ外に行こう」

私は二人を階段の踊り場まで誘導した。あまり使われないこの階段は誰も通らないから話をするにはちょうどいい。

緊張する暇もなく、香菜が待ちきれないように訊ねてくる。

「それで一体何⁉　まさかもうケンくんと付き合ってるとか⁉」

「そんなわけないでしょ。連絡先どこで手に入れるの」

そわそわしている香菜に友梨が呆れた顔をして笑う。

……なんと言おうか。二人が私に注目するから落ち着かない。駆の言葉を思い出して深呼吸する。

「二人に謝りたいことがあるの」

二人は緊張した面持ちに変わり、踊り場には緊迫した空気が流れた。心臓もどくどくと音を立て、肩が重くなる。……二人から、どんな反応が来るのか怖い。

「本当に申し訳ないんだけど、紹介してくれるって話、辞退させてほしいの」

「え？」

香菜の瞳が鋭くなり、声に陰りが滲む。

怯みそうになるけれど、ちゃんと伝えないと。香菜の心の奥まではわからないから。

「実は私好きな人がいて……だから、その、せっかく紹介してもらっても付き合えないと思う」

「ええーっ！」

即座に香菜が叫んだ。友梨も目を大きく見開き、私を凝視する。

次に続く言葉は別に言わなくてもいいことかもしれない。だけど、二人に心を少しでも明け渡したい。

「私、駆のことが好きなんだ」

叫んでいた香菜の動作が止まり、友梨も目を見張る。

「駆って？」

「同じクラスの鍵屋駆」

緊張して固くなっていた声が少し柔らかくなる。駆のことを思うと、不思議と少しだけ気持ちがほぐれる。

「えーっ！　鍵屋⁉」

「え、うそうそ、なんでそんなことに⁉」

いつもはそこまではしゃぐことのない友梨も大きな声をあげた。やっぱり教室で話さなくて正解だった。

二人の反応を見ると怒ってはいないようで、ほっとして話を続ける。

「いろいろあって、ちょっと仲良くなって。一緒にイルミネーション見に行く約束をしてて。だから他の人とイルミネーションに行くのは――」

「えーっ、そこまでいってるの⁉　何それ、もう付き合うじゃん」

「早く言ってよ、もう！　おめでとう！」

興奮した様子の二人は満面の笑みを浮かべていて、少し戸惑う。

「付き合ってるとかはないから！　私が一方的に好きなだけ！　……それでごめんね。黙ってて。せっかく紹介してくれようとしたのに」

口ごもりつつ謝れば、二人は口元を緩めた。

「もっと早く言ってくれたらよかったのに！　私たち雫に恋人いないからお節介しようとしちゃったよ。……私もごめんね」

「雫、恋人いないの嫌なのかなって思って。困らせてた？」

香菜は不安そうに視線を左右に動かし、友梨は落ち着きなく手の先をいじる。やっぱり私は心の奥を見すぎてしまったようだ。

何も言わなかった私の気持ちは、二人に伝わっていなかった。糸をぐちゃぐちゃにしていたのは私だった。不安なのは、誰かを気遣うのは、私だけじゃない。

「ううん。二人の気持ちはありがたいよ。言わなかった私が悪かったから、ごめんね」

「じゃあこれにて仲直りってことで！　まあ喧嘩はしてないんだけどね！」

香菜の声が空気をカラッと晴らす。

「うん、ありがとう」

「それより！　付き合ってないって言ったけど、一緒にイルミネーションに行くなんて、もうそれはそういうことでしょ⁉」

香菜が私の肩を掴んで、顔を覗きこんでにやりと笑う。

「ち、ちがうよ！」

「だって、二人で行くんだよね？　やっぱりおめでとう！」

「今度はちゃんと教えてね。二人の話を」

私はしっかりとうなずくことができた。話そう、自分のことを少しずつ。本音も含めて。

「じゃ、そろそろ戻りますか」

友梨が腕時計を確認して、三人並んで教室に向かう。

「えー雫が鍵屋と、うわー、ほんとー、なんかすごい、クラスメイトって」

「香菜、興奮しすぎ」

「教室ではこの話しないでね」

そわそわしている香菜に注意すると首をかしげる。

「なんで？」

「そりゃ鍵屋がクラスにいるからでしょ！」

わかってなさそうな香菜の背中を友梨が軽く叩いて教室の扉を開ける。クラスメイトと盛り上がっている駆が視界に入り、心臓が小さく跳ねる。背中から香菜と友梨の視線を感じて身体が熱くなる。

駆のことが好きだと宣言してしまった。

言葉にすることで、駆が好きなのだと強く感じてしまう。

言葉ってすごい、気持ちが何倍にもなる。

私は自席に着く前に、山本さんの席に寄り道した。

「山本さん、昨日の投稿すごくよかった」

美術室以外で、彼女に話しかけるのは初めてだ。山本さんは読んでいた本から顔を上げて、意外そうな顔をしたのち小さく笑《え》んでくれる。

「ありがとう、瀬戸さんのも」

「ねえ今度山本さんの150文字の作り方、教えてほしいな」

「私も教えてほしい。特に、誰かさんに向けた恋愛話、とか」

山本さんの眼鏡の奥の瞳が楽しげに光る。どうやら私の気持ちはＬｅｔｔｅｒを通じて山本さんにはバレバレだったらしい。

＊　＊　＊

あれから、何かが大きく変わったわけじゃない。

両親はこのまま離婚に進むかもしれないし、壮太中心の生活も変わらない。

結局空気を読んでしまって美術の時間はペアになれないし、二人の話に入れないこともあるし、駆がやめろと言った笑顔もまだまだ現役だ。

でも口癖の「大丈夫」はほんの少し減った。

どうしても嫌なことはきちんと断りたいし本当の気持ちも少しずつ明かそうと思っている。

百パーセントの自信はないけどできるだけ。

それから私はＬｅｔｔｅｒで偽物のピンク以外の投稿も始めた。水色も灰色も、黒も投稿する。Ｌｅｔｔｅｒの反応はハートかリポストしかないから、今までのｃｌｅａｒを好きでいてくれた人がどう思っているかはわからないけれど。人の心の奥まで覗こうとするのはやめる。ありのままの私をＬｅｔｔｅｒは受け入れてくれるから。

そして〝オトとキイの物語〟はついに完結を迎える。

もともと約束していた日から二週間遅れた土曜日。私たちはようやくイルミネーションを見にいくことになった。

物語はイルミネーションのシーン以外は完成している。

だからその場でイルミネーションの150文字を完成させて、一緒に最後まで投稿しようと決めていた。

二ヶ月半の物語がついに終わる。

昨日の夜はさまざまな感情が駆け抜けてなかなか寝付けなかった。

待ち合わせの時間が近づいて、私は玄関でコートを羽織る。こうして駆と出かけるのは最後かもしれない。

もう私たちが一緒に出かける理由はなくなるのだ。

ふと思いつき、Ｌｅｔｔｅｒの投稿画面を開いて打ちこむ。

【初めて一緒に出かけた日は薄手の長袖だったのに
今日はニットにコート、マフラーまで巻いている
秋に生まれた小さな恋は、赤く色づいて
たくさんの雪を降らせてこの気持ちを埋めてみたのに
積もったこの白い感情は、全部君への恋だった】

「……ふふ、さすがにこれは投稿できないや」

久しぶりに私は下書き保存をした。

だけどそれは嫌な気はしない。今後は駆への思いをたくさん下書き保存することになりそうだ。

「何笑ってんの」

尖った声が聞こえて振り向くと、怪訝な表情をした壮太がいた。独り言を聞かれてしまったことが気まずくてぎこちない笑みを浮かべる。

「別に！　壮太はどこか出かけるの？　今日練習休みだったんだね」

壮太の恰好はラフなまま。朝から出かけずに一日中家にいたことは知っていたけど、他に返す言葉も見つからなかったから適当に聞いてみる。

「出かけない」

「そうなんだ」

　私たちの会話は依然ぎこちないままだ。これ以上会話が広がることもないだろうと、
壮太に背を向けて玄関に座りブーツを履く。

「俺やっぱ母親のほうにするわ」

　頭上から壮太のぶっきらぼうな声がおりてきた。

「お母さんの偉大さを知ったか」

　私は振り向き、軽い感じで返してみる。

「ちげーよ。お前、母親のほうにするんだろ」

「え、うん。多分そうだね」

「お前があの女の言いなりにならないように俺が見てやるよ」

「ん？」

　立ち上がると、壮太の気恥ずかしそうな顔が見えた。目が合うとさっとそらされる。

「お前が父親のほうに行くならそっちでもいいけど」

　……もしかして。

「壮太は、私と一緒に来てくれるの？」

「父親が知らん女と再婚したりしたら、そこでもお前言いなりになるだろ」

「……もしかして心配してくれてるの」

「はあ？　ちげーよ」

怒ったような声を出すけど、その声音はあの日彼がぶつけてきた怒りとは違った。そらされた瞳に冷たさはなく、幼い日の壮太をなぜか思いだす。

「まあほんとに離婚するか知らんけど。母さんは思いこみ激しいから浮気だって本当かわからないだろ」

……壮太も両親のことを考えていたのか。お母さんのことも実は私より理解しているのかもしれない。

私とは異なる家族の悩みを持ち、彼は彼なりに悩んでいるのかもしれない。その可能性を考えたことすらなかった。壮太は恵まれていて、欲しいものをすべて持っていると思っていた。

「ま、俺はお前のほうに行くから、そんだけ」

壮太は顔を背けたまま踵を返しリビングに戻っていった。

ブーツを履いている途中の不格好な姿で、私は壮太の大きな背中を見送る。幼い頃の姿が脳裏に浮かび、目頭が熱くなる。

ずっと大嫌いだった弟。――私の弟。

「そっか、壮太はこれからも私と一緒にいたいんだ」

今日は張り切ってメイクをしていたのに。涙がじんわりと目尻にたまるからハンカチでそっと押さえた。どうやら涙腺は柔らかくなってしまったらしい。

だけど、そんな自分のことが今までより好きだ。

しばらくリビングの扉を見つめたまま、動くことができなかった。

＊＊＊

私たちが訪れたイルミネーション会場は、シーズン以外は季節の花を楽しむ大型の公園だ。点灯前後は混み合うし、せっかく行くなら公園も楽しもう！　と少し早めに会場入りした。

冬に咲いている花もあるし、年中花を咲かせている温室もある。それらを見て150文字を考えるのも楽しい。

「これはアイスチューリップだって」

私はチューリップ花壇のすみに立っている看板を指さす。かわいらしい色と形のチューリップは春に咲いているものとほとんど変わりがない。

「へえ、チューリップって冬にも咲くんだ」

「外よりももっと冷たいところで保存しておいて、春と勘違いさせるんだって」

「しかも普通より長く咲いてられるんだ」

「私チューリップ好きだな」

「ここ春もチューリップで有名らしいよ」

駆が入口でもらったパンフレットを開くと、おすすめの四季や花の説明が書かれていた。チューリップ以外にもネモフィラ畑やひまわり畑。それぞれの時期にそれぞれ魅力的な花があるらしい。

……駆と、春と夏も一緒に過ごすことができれば。

そんな未来を望んでもいいのだろうか。

今日で〝オトとキイの物語〟は終わって、私たちが一緒にいる意味はなくなる。出かけるのは今日が最後かもしれないと改めて感じ、心臓が掴まれたみたいに痛んだ。

「俺アジサイ好きなんだよな。アジサイもいいな」

「また来たいな」

本音をちらりと零すと、満面の笑みが返ってくる。

「また絶対一緒に来よう」

「うん」

約束とはいえないほどの小さくて不確かな約束でもうれしい。

「そういや雫に報告」

報告、という言葉に身体が強張る。……まさか、恋人ができたとか？　いや、今次を約束したばかりだしそれはない？　じゃあ――

「悪い報告じゃないから」

駆がくっと笑い、思考が中断される。心の中でおしゃべりなのは全部お見通しだ。

「俺、親に見せたんだ〝オトとキイの物語〟。一応啓祐の話使っちゃってるし。キレられる覚悟だったけど、親感動してめっちゃ泣いてたわ。啓祐の文章が世に出た！　って。ただのＳＮＳなのにな」

「そうなんだ、ご両親うれしかったんだね」

「それで、もう一回相談するらしい。出版社に啓祐の幻の受賞作を世に出せないか」

「えっ」

私の驚きに駆は口端を緩めて、軽やかな声で続けた。

「前回ナシになったときは親が反対してたらしい、啓祐の文章が少しでも変わるのは嫌だって。でも俺のを読んで、こだわりすぎてたことに気づいたとかなんとかで」

「じゃあ鍵音太郎先生のお話が出版されるんだね⁉」

「んー？　まああれから一年経ってるし無理かもしれないけど。でもいい形になればいいなとは思ってる」

「そうだね。お兄さんのお話、読んでみたいなあ」

前向きな展開に私の声も弾む。

「雫のおかげだよ、ありがとう」

「私のおかげ？」

「うん。こうやって〝オトとキイの物語〟を始められたのは、雫が活を入れてくれたから」

「か、活？　入れたっけ」

「うん、かなり必死で入れてくれたよ」

駆はからからと笑った。

駆がお兄さんのことを打ち明けてくれたあの日。私はやたらムキになって、一緒に物語を作ろうと言ったのだった。

「ずっと誰にも言えなかった話を受け入れてくれるだけじゃなくて、自分のことのように真剣になってくれた」

「あれは自分と駆を重ねちゃって。なんだか放っておけなくて……」

「それで本当に今日物語が完成するんだもんな。──ありがとう」

駆は目を細めて私を見つめる。恥ずかしいやら、うれしいやら。くすぐったい気持ちで私も笑った。

「じゃあ私も報告。うちの離婚問題はよくわかんない。だけどお母さんは私に愚痴は言わなくなったし、お父さんは恋人のもとに行ってないのか家に帰ってきてる。弟もちょっと素直になったかも」

「そっかあ」

「前は家にいると息が詰まって仕方なかったんだけど。一時期よりは全然いい」

澄んだ冬の風が頬を撫でる、この冷たさが心地いい。前よりずっと空気が美味しい。

「まもなく園内がライトアップします」

園内アナウンスが流れ、だいぶ日が沈んでいることに気づく。園内にいる人も増えてきて、皆そわそわとライトアップのときを待っている。

「そろそろだね」

「あー俺たちの物語が終わるなあ」

「二ヶ月半あっという間だったね」

「濃かったけどな」

駆が白い歯を見せる。こんなふうに誰かと大切なときを過ごせると思わなかった。

「どうなるかな、受賞しちゃったりするか？」

「ふふ、結果は春だって。長いねー」

「受賞したら書籍化だもんな」

春、私たちはどうしているんだろう。受賞結果に喜んでいるのか、落ちこんでいるのか。春も一緒にいられるといいな。

「駆はこれからも小説家目指すの？」

「目指さない」

駆ははっきりと言い切った。小説家にどうしてもなりたい。必死な顔をしていた駆はもういなくて、柔らかい表情をしている。

「才能もないしな」

「そうかな？　駆にしかない感性もすごく素敵だと思ったよ」

「でももう書けない！　今回だけでも大変だった！　やりきった感がある。……それに小説家になりたいわけじゃなかったことに気づいたから。――俺、啓祐になりたかっただけだった」

「そっか。お兄さんにならなくていいよ、駆は駆がいいよ」

できるだけ軽く言いたかったのに、声は震えた。

駆はお兄さんの座っていた席には座れない、たとえそこが空席だったとしても。

私も壮太の席には座れない。

でも、私たちにもちゃんと椅子はある。自分だけの椅子が。

「小説家にはならない。ま、だからといってやりたいことがあるわけでもないけど。これからのんびり探すよ、俺のことを。そう言う雫はどう？　小説家は」

「私もならないよ。私はＬｅｔｔｅｒが好きなだけだから。あ、でもね。Ｌｅｔｔｅ

r部門にも出してみることにしたんだ」

「おーいいね！」

Ｌｅｔｔｅｒにも選ばれなかったら、すべてに拒絶されてしまう。そう思って一人では出せなかった150文字。だけど、Ｌｅｔｔｅｒのコンセプトを思い出した。

『あなたの色とりどりの気持ちを教えて。あなたの感情は、どこかの誰かに届く』

私には届けてみたい気持ちがある。

それが評価されなくても、誰にも届かなくても。

150文字を書くとき、私の中に眠っていた感情に気づくことができるから。

隠れて泣いていた私の心を、私自身が知ってあげるんだ。だから、選ばれなくてもいい。

「ちょっと怖いけどね。でも挑戦」

「いいね」

ここに150文字の叫びを、受け入れてくれる人がいる。

「今回駆と一緒にやってみて、教えるのも楽しいなあって思った。まだ全然決めてないけど教師もいいかなって」

「え、雫に合ってる。なるべき」

「ふふ。まだわかんないけどね！　他にやりたいことができるかもしれないし！　選択肢の一つ。でもね。もし本当に教師になるなら一つ決めてることはある」

「何？」

「自由にペアを作らせない」

「あはは」

駆が笑ってくれる。私の感情を受け止めてくれる。

君がいるから私は――

そのとき。

ぱあっと花が開くように、園内が一斉に点灯した。

私たちの近くの大きな木がクリスマスツリーのように鮮やかに光り、周りの木々や花壇にも細かな光のＬＥＤが仕込まれていて、まるでお昼と錯覚するほど明るくなる。

わあ……！　と歓声がどこからともなく上がり、波のように広がって私の心も浮足立った。

隣を見上げると、駆が金色の光に包まれて魔法のようにキラキラと輝いて見える。

光の中でうれしそうに笑う駆を見ると、なぜか涙が出そうになった。

君が笑っているとうれしい。

光がない場所でも君は眩しいし、光の中にいても何よりも輝いて見える。

まばゆい光たちが一斉に私に訴えかけてくる。

――駆が好き。

こんなに大切な存在になると思わなかった。

私の心の奥に君はいて、私を内から照らしてくれる特別な人。

「え、雫泣いてる？」

高い背をかがめて、駆が私の顔を覗きこんだ。

「泣いてないよ」

「涙腺固いって言ってたもんな。のわりに涙がしっかり見えますね？」

駆の長い指が、涙を一粒すくい取る。

「涙腺弱まったかも」

「じゃあ今日は俺の手を貸しましょうか」

差し出された手におずおずと触れると、強く握り返される。駆の手は冷たいのに、
身体の奥が熱を帯びる。

光の粒の中で、迷子にならないようにしっかりと手を繋ぐ。そこからは言葉少なに、
二人で光の海を泳いでいく。

ブルー、グリーン、ピンク。

いろんな色のＬＥＤが目に飛びこんでくるけど、生まれてくる感情は一つだった。

――駆のことが好き。

ああ、オトとリンクしちゃったな。

〝オトとキイの物語〟の最後一つの150文字が生まれてくる。身体の中から溢れてくる。

夢中でイルミネーションを見ている駆が振り向いた。何万個の光が駆を照らす。

「あれ見て、光のトンネルかな？」

駆が前方に見えてきた眩しく白いトンネルを指差す。

「うわー、すごそう」

「うん？　これ、葉のトンネルだって」

イルミネーションのパンフレットを見ながら駆が言った。

トンネルまでたどり着き、取り付けられている無数のＬＥＤを見ると、葉の形をしていた。葉のトンネルは、まばゆい白から始まり、奥に見えるのは緑のライト。私たちは緑に誘われるようにそのまま進んでいく。

「すごい！　圧巻だね」

「なー」

このトンネルは百メートルほどあるらしく、どこまでも光が続いていて美しい。人工的な葉のトンネルは、新緑とは違う幻想的な緑が揺らめいている。

そして、緑の光は赤色に変わった。

「紅葉思いだすな」

「ね」

紅葉。小さく始まった恋。景色は緑から赤に変わっていく。駆の髪の毛が赤に染まる。

「雫の髪の毛、赤色」

駆が私の髪の毛にさらりと触れた。私の髪に触れる指も赤色だ。

私たちは同じ色に染まりながら歩いていく。

同じ景色をこうやって何度も、一緒に取り入れてきた。歩くたびに二ヶ月半を思い出して、口元をマフラーで隠す。

「わあ……」

思わず声をあげた。最後は赤から水色に変わった。

天井から雪の結晶のライトがぶらさがっていて、上から下に流れるような光の演出になっている。

「雪みたいだね」

雪の結晶は白い光で、落ちてくる光は雪が降っているみたい。

光が、白が、私たちに降ってくる。

降り積もっていく。

喜びが胸にたまっていく。

葉のトンネルを抜けたところには、この公園で一番大きなツリーがそびえ立っていた。闇の中で輝き、光の塔にも見えるそれは圧巻で、言葉をなくす。

「雫、断れるようになった？　嫌なこと、嫌って言える？」

しばらくツリーを眺めていると、駆が唐突に訊ねた。突然の質問に戸惑うが、駆の瞳はどこか真剣で私は素直に答える。

「うーん、百パーセントとは言い切れないけど。でもそうだね、嫌なことはちゃんと嫌って言えるようになりたい」

「百パーセントじゃないんかい。でももし俺のことで嫌なことあったら嫌って言ってよ」

「それは言えるよ、駆には」

今度は力強く答えた。駆の前ではもう取り繕わない。

口癖の大丈夫も、偽物の笑顔も、全部取っ払うんだ。その自信だけはある。

駆は緊張した面持ちで、白い息を一度吐く。

「わかった。じゃあ言う。――俺と付き合って」

「……え？」

頭の中が真っ白になる。

「雫のことが好きだから、俺の恋人になってください」

「…………」

息を飲む駆の頬が赤い。繋がれた手も熱い。

今、駆はなんて言った……？

私の頭はまだ固まったまま。人ってうれしいことがあったときも頭が動かなくなるんだ。

「……断ろうとしてる？」

「ち、ちがう！　ちょっと、かなり、びっくりして……えっと、はい。お願いします」

「今迷ってなかった？　大丈夫？」

「大丈夫だよ！」

「雫の大丈夫は信用ないんだよなあ」

しどろもどろになる私を疑うようにじっと見つめる。駆の茶色の瞳が揺れていて、彼も不安なのかもしれないと気づく。

そうだ。私の気持ちを伝えないと。間違って伝わってしまわないように、糸が絡まらないように。

あなたに真っすぐ届くように。

「私、駆のことが好き！」

焦った声は大きく、冬の空に響いた。

周りの人が何人かこちらを見た気がする。こんなところで告白なんてベタだよなあ、なんて思われたかもしれない。

でもそんなことはどうでもいい……！

「駆に言われたからじゃないよ……！　信用できないなら、私が駆に送った150文字たちを見てほしい。〝オトとキイの物語〟って言いながら、ほとんど私の想いになっちゃってる！」

目の前で、少しだけ目を見開く駆に伝わってくれたらいい。

「最近ｃｌｅａｒが投稿してるピンクのお話も全然想像じゃなくて、全部私の本当の想いなの！　……全部駆のことだよ。私の150文字、駆で埋まっちゃった」

白い息が消えないほど勢いよく、想いをぶつけてしまった。息を弾ませて前を見ると、駆の頬がさらに色づく。

……言いすぎたかもしれない。全身に熱さが広がり、身体の先端まで燃えるように熱い。

「あはは……！　すごい告白！」

駆は大きな口を開けて笑うと、私を抱きしめた。

大きな駆の身体にすっぽり包まれて、心臓が暴れ出す。私を見下ろす駆の瞳が優しくて、胸の奥が締め付けられる。

「〝オトとキイの物語〟も最近のｃｌｅａｒさんの投稿も今から読み直していい？」

「や、やめて！　恥ずかしいから……！」

「雫の気持ち、読みたいなあ」

私はこらえきれなくなって駆の胸に顔をうずめてみる。顔が見えなくなれば平気だと思ったのに、さらに強く抱きしめられて息がうまくできない。

「さっきイルミネーションを見ながら考えた150文字を送ってもいい？　〝オトとキイの物語〟の最後のピースをはめたい」

「うん。投稿しよう、俺たちの物語を」

ようやく身体が解放されるけど、脈拍は速いまま全然治まらない。なんとか息を整えながら、先ほど考えた150文字を入力して、駆に送る。

【光の粒が君に纏う
他の人も輝いているのに、どうして君だけカラフルに輝いているんだろう
君のことが好き
どの色も僕に教えてくれる
ほのかな恋のピンクも、眩しい黄色も、切ない水色も、燃える赤も

全部、君への想いにつながっていく
一斉点灯した鮮やかな色たちは、僕の初恋】

「うわやばいこれ、照れる」

駆は口元を緩めるのを隠しきれないように、スマホで顔を隠した。

私の感情が、君に届いた。

「これ何色の投稿にする？」

「白がいい」

たくさんの色が、感情が合わさって、白になった。すべての色が重なって光る、ただ一つの恋心。

駆がｋｅｙの投稿画面に150文字を貼り付けて、背景を白に設定する。

私たちは顔を見合わせて「せーの！」で投稿ボタンを押した。

「私やっぱりもう他のお話は書けないな」

「俺も」

私の、私たちが色づかせた物語が羽ばたいていく。

私たちの物語は明日からも続いていく、カラフルな世界で。

エピローグ　新しい物語はここから

「うわー、なんか懐かしすぎて涙出てきたあ」

香菜がわざとらしくため息をつき、涙をぬぐう真似をする。

「大げさだなあ」

隣に座る友梨がグラスの氷をかき混ぜる。

「でもこの空気ほんと懐かしいかも」

「雫はわかってくれますかー！」

「まあ、うれしさはある」

友梨も同意すると、香菜はぱっと顔を明るくする。

そんな二人を見ながら、くまのはちみつミルクティーを口に含む。優しい甘みが広がった。

――クリスマスが終わると、あっという間に年が明け、春になっていた。

私たちは二年に進級し、新学期が始まって一週間が過ぎた。今日は久しぶりに三人で集まってカフェでお茶をしている。

「まさか全員バラバラになるなんてね」

クラスがわかったときの香菜の悲愴感に溢れた顔を思い出して私たちは笑った。

「香菜はクラス全員もう友達って言ってなかった？」

友梨の言葉にうなずく。持ち前の明るさで、周りを巻きこんでいく香菜は新しいクラスでも友達に囲まれている。

「仲良くはやってる。でもさあ、ここが私にとってホームだから」

「あはは、何それ」

友梨は突っこむけれどどうれしそうに見える。それは私も同じだ。

「鍵屋ともクラス離れちゃったけど、雫はどうよ？」

「……たぶん普通」

「恋愛の隠しごとはなしって言わなかったっけ」

友梨にいたずらな視線を向けられた私は観念する。

「時々一緒に帰ってるよ。土日も遊んだりしてる」

「いいなあ。私も次は同級生がいいな。放課後デートとか憧れるし」

冬が終わる頃に大学生の彼と別れた香菜は唇をとがらせる。

「でも三組にちょっといいなって思ってる人がいて」

「展開早いな？」

「聞かせて、聞かせて」

会話が滑らかに進んでいく。

香菜の言う〝ホーム〟の意味がわかる。

新しいクラス特有の空気をうまく泳ぐために今は必死で、こうして肩の力を抜いていられる場所は貴重だった。

「今日楽しかったから明日からやだー。まだ火曜日だし」

新クラスの楽しいことを語り続けていた香菜がテーブルに突っ伏す。

「あ、そうだ。じゃあバイトやらない？　二人とも」

嘆く香菜に友梨が提案した。

「うちの居酒屋、春にごっそり人が辞めちゃって。人手不足なんだよね、どう？」

「いいね！　二人と一緒にいられる時間最高。友梨のバイト先ってどこの駅だっけ」

友梨がスマホで居酒屋の情報を検索し、私たちに見せてくる。

「私は大体水、金、土に入ってる。バイト希望するなら、私から店長に言っておくし」

「お願い！」

香菜が即座に希望して、二人が私を見やる。

……どうしよう。二人の話が進む間、必死で頭をフル回転させていた。

バイトには興味がある。三人で一緒にいられる時間は、今すごく貴重で大切なものだ。

ここで断ったら、二人と溝ができてしまって、このまま関係が自然消滅してしまうかもしれない。

だけど、友梨のバイト先の居酒屋は私の家とは反対で少し通いづらそうだ。いや、頑張れば通えない距離でもない。

ただ金曜日は塾を始めてしまったし、水曜日は……土曜日だけならいけるだろうか。

「雫はどう？」

「まかないも結構美味しいよ」

二人は私がうなずくのをきっと待っている。

「……せっかくだけど、ごめん。通うのが難しそうなのと……水曜と金曜は予定があるんだよね」

声は固く、掠れてしまったがきちんと伝えられた。うつむきそうになるけれど顔を上げる。

「そっかー、残念」

「香菜も採用されるかわかんないけどね」

「水曜と金曜って何？　鍵屋とデートの日？」

二人の表情は特別に変わらないまま、質問を返される。

「違うよ、塾に通いはじめたの！　それから図書委員があるから」

「今年も図書委員やってんのかあ」

「香菜が正式に採用されたら、鍵屋とご飯食べにおいでよ」

「居酒屋なのに高校生もいいの？」

「ファミリーも多い店だからね。早い時間なら普通のご飯屋さんって感じだよ」

友梨が財布から一枚のクーポンを差し出す。

ぽん、ぽんと。ボールが弾むように会話が進んでいく。

自分の意見を一つ投げて、それが真っすぐ返ってくる。滑らかな会話に肩の力が抜ける。

「……ありがとう」

「クーポンで、大げさだなあ」

友梨は目を逸らしながら微笑んだ。「大げさ」というのは照れ隠しかもしれない。

そんなことに気づいてまた頬が緩む。

日常は大きく変わらない。

私はまだまだ自分の意見を言うのは怖いままで、新しいクラスでは緊張してばかりいる。

だけど変わらないことが続くからこそ、安心できる場所も増えていく。

灰色の世界の中に、少しずつ色づく場所が増えていく。

西日が差しこむ図書室の空気が好きだ。日に照らされて塵がキラキラと輝きだすこの時間が。

「今日はよろしくね」

「よろしくね、山本さん」

山本さんともクラスは離れてしまったけれど、水曜日の図書委員に山本さんも加わった。駆と作戦会議をした場所で、今は山本さんとLetterの話をしているのは少しだけ不思議な気分だ。

「そういえば今日鍵屋くん体育の時間に転んでたよ」

「あー、それでか」

廊下ですれ違った駆の膝に大きな絆創膏が貼ってあったことを思い出した。

「ということで、今夜は絆創膏で150文字ね」

「ジャンルは?」

「恋愛でもなんでも」

「おっけー」

ポケットから小さな手帳を取り出してお題を書きこむ。山本さんの真似をした手帳はこういったときに大いに役立つ。

毎週水曜日、私たちは一つお題を決めて投稿している。Ｌｅｔｔｅｒという共通の趣味があるからこその楽しみだ。

「……そして、いよいよ今日だね」

山本さんが大きく息を吐き出して、時計を見つめる。

「もうその話はやめよう。あえてしなかったのに……！」

「あと二時間くらいだね……」

同時に大きなため息をつく。

……今日、Ｌｅｔｔｅｒのコンテストの結果発表の日なのだ。十八時から公式アカウントで発表があると言われている。あと二時間もないと意識すると鼓動が速くなる。

「私その時間、塾に向かう電車の中だわ……」

山本さんはカウンターに額をつけてさらに深いため息をついた。

そわそわとした委員の時間が終わり、私たちはお互い肩を叩いて健闘を祈りあって別れた。

校舎を抜けてグラウンドに向かうと、制服姿の駆が立っていた。夕日に照らされた髪の毛が透けて揺れている。

「ごめん、待たせちゃった？」

「ううん。今俺も終わったとこ」

駆から土とほんの少し汗の匂いがする。進級する少し前に駆は野球部に入った。『俺が、好きなことをやってみようかな』ということらしい。

「行きますか」

「そうだね」

時刻は十七時半。あと三十分で、私たちの物語に本当の意味で決着がつく。私たちの物語が始まった公園で、一緒に結果を見ることにしていた。

「期待してなかったはずなのに、期待しちゃってる俺がいる」

「わかる」

「絶対無理だからダメ元で、って思ったくせになー」

「わかる」

考えないようにしていたのに、ここ数日は結果ばかり気になってＬｅｔｔｅｒ以外のＳＮＳで他の人の意見も見てしまっていた。Ｌｅｔｔｅｒ投稿者が同じようにそわしている様子を見ては、同じくどきどきしていたのだ。

私たちは、言葉少なに公園に入った。

あの日、駆がお兄さんのことを打ち明けてくれた場所だ。

私たちの物語が始まったこの公園で結果を受け止めることにした。

始まりは秋だった。あの日赤く色づいていた木は桜の木だったらしく、薄いピンク色の花を咲かせている。

空は橙色《だいだい》が溶けて、赤紫から青紫に移っていく。グラデーションの空の下で、私たちはベンチに座って、そのときを待つ。

結果はアプリ内で、Ｌｅｔｔｅｒ公式アカウントから発表される。

小説部門から数作、Ｌｅｔｔｅｒ部門から百作。受賞作品をリアルタイムでリポストしていく、参加者にとっては実に胃が痛い発表方法だった。

公園の時計が十八時を告げる。

私たちはそれぞれスマホを膝の上に乗せて、画面を見守る。心臓の音が聞こえるのではないかと思うほど大きく音を立てている。

『それでは、受賞作を発表していきます。まずはＬｅｔｔｅｒ部門から……！』

Ｌｅｔｔｅｒ公式アカウントがそう呟くと、すぐに受賞一作目がリポストされた。

……ああ、これは私もお気に入りの作家さんの、特別好きな作品だ！　これは選ばれるべき作品だ！

そう思う興奮と自分の作品ではなかったやるせなさが入り混じった感情が芽を出す。

「これ、緊張やばいな」

「駆はLetter部門に応募してないのに？」

「そうなんだけど、そりゃ緊張するよ」

駆はベンチに浅く腰掛けて、ぴんと背筋を伸ばしている。私よりもずっと緊張している様子に、固くなった身体が少しだけ和らぐ。

その間にも次々とリポストされていく。

「あれ、今何作？　もう五十くらいいってる？」

「かも」

Letter部門はその気軽さもあり、二万作以上の応募があったといわれている。リポストがあれば、自分のアカウントに通知が来る。

「……来て、お願い」

願いが呟きに変わる。アカウントの通知画面を何度も更新する。

通知。……来て、お願い。

隣にいる駆のスマホは、公式アカウントの投稿を映し出している。次から次へと、誰かの150文字がリポストされ続けていく。

これが何作目のリポストなのかわからない。残る席の少なさに、お腹がぎゅっと掴まれているみたいだ。

『以上、Letter部門の発表でした』

五十を超えたらもう百までは一瞬で終わりを告げた。

「あ、はは。あっけない」

零れた言葉が涙に変わりそうで、鼻の奥がつんとする。

駆の大きな手が私の手に重なった。駆の手は驚くほど冷たくて、彼の緊張を知る。

『続いて、小説部門の受賞作の発表です。選ばれたのは三作品！』

公式アカウントから、次のアナウンスが投稿された。

三作。たったの三作だ。

だからリポストもあっけなく終わった。

……私たちの作品はない。

「あー、だめだったかあ」

駆は大げさに呟くと、ベンチの背にもたれた。夕方の公園は子どもの声でにぎわっていて、私たちの間には真逆の沈黙が流れる。

「応募総数から考えて無理だってわかってたけど、突きつけられるときついね」

「なー。俺にとっては最初で最後の小説だったし」

駆は力なく笑った。二人とも笑顔を作る余裕はない。とはいえ、涙が溢れてくるわけでもなく、ただただ呆けていた。腕がだらりと下がり、身体の力が抜けてしまっている。

「本気でやったのに、悔しいなあ」

「うん、そうだね。悔しいんだ、これ」

悔しい。

言葉に出して、気づく。

そうか、悔しいのか。

これは私の中に、ほとんど生まれなかった感情だ。

今までずっと先回りして、逃げ出していた感情だから。

傷つくのが怖い。

だから、傷つく前に離れよう。

そうだ。こうして向き合えただけでも偉いじゃないか。そうやって言い聞かせるけど。

「でも、悔しい……」

この感情はどんな色なのだろう。悲しみが強いけど、濁ってはいない。どこか爽やかな色。

……まだ私にも知らない色があったんだ。

「悔しい……っ」

声に涙がにじんで、目の奥に力を込める。

「俺、雫と一緒にいろんなところに出かけて、自分にも雫にもたくさんの色があるって知ることができて、啓祐にならなくていいんだって思えた」

駆が遠くを眺めながらぽつりぽつりと語り始める。

「それで十分だと思ってたけど……それなのにきついな、これ」

駆の目も赤く、声は掠れている。

「ね」

一言だけの私の声は変に高くなって、嗚咽に近かった。

「……選ばれたかったなあ」

私はどうしていつも選ばれないんだろう。そんな思いがどうしても、出てきてしまう。

「あれ？　なんだ、この通知。バグ？」

スマホを見る駆の声に驚きと困惑が混じる。私も駆のスマホを覗きこむ。

Ｌｅｔｔｅｒで今まで見たことのない通知が届いていた。普段はハートとリポストしか反応ができないＳＮＳ。

だけど、駆が私に見せた画面には――

『**あなたの想いに、気持ちが届いています**』

駆が焦るように指を動かし、その通知をタップする。

『オトとキイの物語、ずっと追わせてもらっていました！　オトの認めたくない恋心が自分にリンクして苦しくて愛しかったです。私も最後のオトと同じように告白を決意しました。背中を押してくれたのは、ｋｅｙさんの言葉たちです。ありがとうございました』

私と駆は顔を見合わせた。

自分のスマホの画面に目を戻してみると、Ｌｅｔｔｅｒ公式アカウントの呟きが増えていた。

『参加者のみなさま、たくさんの想いをありがとうございました。

今回授賞という形で選ばせていただきましたが、どの色も魅力的で、誰かに必ず届いているはずです。

本日限りコンテスト特別仕様で、本コンテスト参加作のみ、感想を送ることが可能です！

気持ちを受け取った方は、ぜひその気持ちを返してください』

……つまり、先ほどの通知はバグでもなんでもなく。

私たちの感情が、誰かに伝わっていたんだ。

「あ……」

隣で呟きが漏れて、駆の目から涙がこぼれる。涙がぽたぽたと溢れてスマホに落ちていく。

私も同じだ。だって画面がもう見えない。涙が滲みすぎてまったく見えない。

「俺と、雫と、それから啓祐の物語が……届いてたんだ……」

駆の声は涙に濡れて私にも伝染し、喉から嗚咽が漏れる。

私と駆の感情が混ざり合って、たくさんの感情が重なって白になって、一つの物語ができた。それだけで十分だったはずなのに。

「わたしたちが、誰かの背中を押せた……？」

スマホが震えている。通知が届いている。

私にたくさんの色が送られている。

『ｃｌｅａｒさんの恋の作品が大好きです。あれから彼と出かけるたびに半券やレシートを残してしまうんです。幸せがデート当日だけじゃなくて、何日も続いています』

『私は語彙力がないので、ｃｌｅａｒさんの150文字で、自分の感情を知ることができました。ああ、私にもいろんな感情があったんだなって。ありがとうございます』

『この感情の色が好き。すっごく好き』

「駆……どうしよう……」

一番になれなくても、誰かになれなくても、特別になれなくても。

私の場所はちゃんとあって、私の感情も、色もここにある。溢れている。

私はここにいる。

「見て、これ」

駆がkeyに届いたメッセージ画面を私に見せた。オトとキイの物語への感想だ。

『この作品ってもしかして、clearさんも参加されてたりしますか？　私clearさんの大ファンで、そうじゃないかなって（きもかったらごめんなさい）』

「……雫の感情、届いてるね」

駆は無理やり笑顔を作るけど、涙で顔はぐしゃぐしゃだ。

「……ありがとう」

目の前に流れてくるたくさんの色に向かって呟く。透明な涙が次から次へと溢れて止まらなかった。

「あ、またLetter公式が呟いてる」

駆がスマホを見て声をあげる。私も涙を拭いて一緒に画面を覗きこんだ。

『コンテストへの投稿、本当に本当にありがとうございました！　たくさんの色を見せてもらって、私たちの心が動かされました。次回もぜひ開催したいと考えています、ご参加いただけるとうれしいです』

それは二回目のコンテストのお知らせだ。涙がたっぷり溜まった茶色の瞳が私を見つめる。

「だって」

「どうする？」

「俺は小説家になりたいわけじゃないから」

「私も」

「でもＬｅｔｔｅｒは好きなんだよな」

「私も好き」

自分の感情を下書き保存し続けていた。

本音を打ち明けたら、嫌われるかもしれない。周りの人が求める人間を演じれば、必要とされるかもしれない。誰かの一番になれるかもしれない。

そんなことを繰り返すうちに、自分の感情がすべて偽りに思えてしまっていた。だけど、私の身体には本当はたくさんの色が溢れている。

もう下書き保存しなくてもいい。

誰かの一番になることにこだわる必要もない。

「よし。次は春を探しに行こう」

駆の目は赤いけれど声は晴れやかだ。

変わらない日々。変わらない君。
それでも次の季節が来て、新しい自分に出会っていく。
次はどんな色を探しに行こうか。

◉定価：770円（10%税込）　◉イラスト：倉地よね

ISBN:978-4-434-34654-5

◉定価：770円（10%税込）　◉イラスト:萩森じあ　ISBN:978-4-434-33899-1

春の真ん中、泣いてる君と恋をした
In the middle of spring, I fell in love with you crying
佐々森りろ
もう一人で泣かなくていい。
両親の離婚で、昔暮らしていた場所に
引っ越してきた奏音。
新しい生活を始めた彼女が
出会ったのはかつての幼馴染たち。
けれど、幼馴染との関係性は昔とは少し変わってしまっていた。
どこか孤独を感じていた奏音の耳に
ふとピアノの音が飛び込んでくる。
誰も寄りつかず、鍵のかかっているはずの旧校舎の音楽室。
そこでピアノを弾いていたのは、隣の席になった芹生誠。
聞いていると泣きたくなるような
ピアノの音に奏音は次第に惹かれていくが——
心がじんわり温かくなる、孤独な二人の再生ストーリー
アルファポリス第6回ライト文芸大賞 青春賞受賞
アルファポリス文庫

—ずっと、忘れられない恋がある。
木立花音
Kanon Kodachi
3日戻したその先で、私の知らない12月が来る
アルファポリス
第5回
ライト文芸大賞
大賞
受賞作
三日間だけ時間を巻き戻す不思議な能力
「リワインド」を使うことのできる、女子高校生の煮雪侑。
侑には、リワインドではどうすることもできない
幼少期の苦い思い出があった。告白できないまま
離れ離れになった初恋の人、描きかけのスケッチブック、
救えなかった子猫——。そんな侑の前に、
初恋の人によく似た転校生、長谷川拓実が現れる。
明るい拓実に惹かれた侑は、過去の後悔を乗り越えてから、
想いを伝えることにした。告白を決意して迎えた十二月、
友人のために行ったリワインドのせいで、
取り返しのつかない事態が起きてしまい——!?

この作品に対する皆様のご意見・ご感想をお待ちしております。

おハガキ・お手紙は以下の宛先にお送りください。

【宛先】

〒150-6019 東京都渋谷区恵比寿4-20-3 恵比寿ｶﾞｰﾃﾞﾝﾌﾟﾚｲｽﾀﾜｰ 19F
（株）アルファポリス　書籍感想係

メールフォームでのご意見・ご感想は右のＱＲコードから、
あるいは以下のワードで検索をかけてください。

アルファポリス　書籍の感想　検索

ご感想はこちらから

ALPHAPOLIS
WEB CITY SINCE 2000

アルファポリス文庫

消《き》えたい僕《ぼく》は君《きみ》に１５０字《じ》の愛《あい》をあげる

川奈あさ（かわな あさ）

2025年３月25日初版発行

編　集ー境田 陽・森 順子
編集長ー倉持真理
発行者ー梶本雄介
発行所ー株式会社アルファポリス
〒150-6019 東京都渋谷区恵比寿4-20-3 恵比寿ｶﾞｰﾃﾞﾝﾌﾟﾚｲｽﾀﾜｰ19F
TEL 03-6277-1601（営業）　03-6277-1602（編集）
URL https://www.alphapolis.co.jp/
発売元ー株式会社星雲社（共同出版社・流通責任出版社）
〒112-0005 東京都文京区水道1-3-30
TEL 03-3868-3275
装丁イラストー萩森じあ
装丁デザインー徳重　甫＋ベイブリッジ・スタジオ
印刷ー中央精版印刷株式会社

価格はカバーに表示されてあります。

落丁乱丁の場合はアルファポリスまでご連絡ください。

送料は小社負担でお取り替えします。


ISBN978-4-434-35463-2 C0193